우리가 읽어야할 현대소설

벙어리 삼룡이

평범한 사람은 시간을 단지 어떻게 보낼까를 생각하지만,
지혜로운 사람은 그 시간을 이용하려고 노력한다.

― 쇼펜하우어

우리가 읽어야할 현대소설 **벙어리 삼룡이**

인쇄 2010년 1월 5일
발행 2010년 1월 10일

지은이_나도향
펴낸이_김두천
펴낸곳_푸른생각

등록 제310-2004-00019호
주소_서울시 중구 을지로3가 296-10 장양B/D 701호
대표전화_02) 2268-8706-7 / 팩시밀리_02) 2268-8708
메일_prun21c@yahoo.co.kr / prun21c@hanmail.net
홈페이지_www.prun21c.com
편집_지순이 김세영 강태미 김대식
ISBN 978-89-91918-13-9
ⓒ 2010, 푸른생각

정가 10,000원

[푸른문학선 19]

우리가 읽어야할 현대소설

벙어리 삼룡이

나도향 지음

푸른생각
PRUNSAENGGAK

디지털 시대의 소설 읽기

　인간은 사회적 동물이라고 하지만 실은 인간은 경쟁적 동물이라고 해야 된다. 우리는 학교나 사회에서 경쟁의 소용돌이 속을 헤매면서 앞을 보고 살아간다. 인류 발전의 원동력은 경험과 지식의 전수傳授에 의한 새로운 모험이다. 탐색에 의한 새로운 도약을 해왔다. 인간의 발전을 불에 두기도 하지만 말과 문자, 그리고 종이와 파피루스가 그 피라미드적인 발전을 이루어온 것이다. 그리고 근대近代를 지나 현대現代에 이르면서 컴퓨터를 비롯한 여러 매체의 발달로 획기적인 변화가 일어나게 된다.

　문학작품은 이러한 변화 속에서 인간이 경험하거나 간직해야 할 정서와 지식을 담은 보고實庫이다. 그 보고에는 새롭게 도약하고 발달한 인간의 온갖 지식과 지혜가 가득 차 있다. 도서관이나 서점에는 이런 귀중한 문학작품이 가득 쌓여 있어서 읽어주기를 기다리고 있다.

　인간은 수공업 시대를 지나 대량 생산의 산업사회를 거쳐 IT산업이 주도하는 정보사회로 발전해왔다. 정보사회에서는 첨단 IT산업의 발

전에 따른 물신주의의 팽배로 인해 인간의 소외와 정신의 빈곤이 심각해지게 된다. 특히 정신의 황폐화는 기계적이고 획일적인 사고思考의 빈곤을 가져오고 레저와 쾌락의 나락奈落으로 빠지게 만든다. 이에 따라 문화가 저속해지고 일회적인 유희에 쉽게 빠지게 되어 정신적 공백을 가져오게 된다. 여기에는 정신적 자양분을 공급해주는 문학작품 읽기가 절실하게 된다.

그 중에서 현대소설을 읽고 감상하는 것은 이 보고에서 노다지를 캐는 일이다. 광산의 노다지는 천에 하나 나올까 말까 하지만, 소설은 읽기만 하면 거기서 노다지가 쏟아져 나온다. 그 노다지에는 세상을 관조하고 달관할 수 있는 지혜와 디지털 시대에 이르기까지의 모든 지식이 담겨져 있다. 시성詩聖인 괴테가 "책은 지식의 보고이다"라고 말한 것이나 선인들이 "사람은 모름지기 다섯 수레의 책을 읽어야 한다"라고 말하고 있는 것은 독서의 절실함을 역설한 말이다.

이번에 '푸른생각'에서 한국 현대소설의 주요 작품들을 중심으로 「민촌」, 「산골 나그네」, 「운수 좋은 날」, 「복덕방」, 「치숙」, 「벙어리 삼룡이」, 「봉별기」 등 우리가 읽어야 할 한국 현대소설 시리즈를 기획하여 발행하고 있다. 이는 시의時宜 적절한 문학 읽기의 운동이다. 어려운 문학을 이해하고 감상할 수 있도록 길라잡이의 역할을 할 수 있게 다양하게 꾸며진 것이 친근감을 준다.

소설작품의 원문을 충실하게 싣고 낱말풀이를 세심하게 달아 작품의 이해를 돕고, 그 뒤에 작품 줄거리를 정리한 〈이야기 따라잡기〉, 작품 감상의 핵심을 밝힌 〈쉽게 읽고 이해하기〉 등을 붙여 청소년뿐만 아니라 일반 독자들도 우리 소설을 쉽게 읽고 감상할 수 있도록 하였다.

이 한국소설 시리즈가 우리 문학을 친근한 벗으로 삼아 풍요한 삶을 누리는 지표를 마련해주고 있다. 급변하는 세상을 살아가는 데 삶의 등불이 되고 충실한 반려가 될 것으로 믿는다.

2009년 겨울에

丘 仁 煥
(서울대학교 명예교수 · 문학과 문학교육연구소 소장)

차례　　우리가 읽어야할 현대소설

벙어리 삼룡이

이제 나는 고만 그렇게 구차하고 천한 생활을 다시 하기는 싫어요.

물레방아

「물레방아」(《조선문단》, 1925. 9)는 가난으로 인한 도덕성의 타락과 가진자의 탐욕으로 인한 비극적 결말을 그린 단편소설로 빈곤한 삶으로 인해 타락할 수밖에 없었던 하층민의 비극적이고 처참한 삶의 모습을 그리고 있다.

이방원

신치규의 집에서 막실살이를 하는 가난한 농사꾼. 처의 불륜 관계를 목격하고 복수를 결심한다.

이방원의 처

물욕이 강한 창부형 인물. 물질적 욕심으로 인해 비극적 결말을 맞이하게 된다.

신치규

마을에서 가장 부자이자 세력가. 방원의 상전으로 방원의 처를 얻기 위해 방원을 내쫓는다.

물레방아

1

신치규와 이방원의 처는 물레방아에서 작당모의를 한다

덜컹덜컹 홈통에 들었다가 다시 쏟아져 흐르는 물이 육중한 물레방아를 번쩍 쳐들었다가 쿵 하고 확(절구 구멍) 속으로 내던질 제 머슴들의 콧소리는 허연 겻가루가 켜켜 앉은 방앗간 속에서 청승스럽게 들려나온다.

쏼 쏼 쏼, 구슬이 되었다가 은가루가 되고 댓줄기 같이 뻗치었다가 다시 콱 콱 쏟아져 청룡이 되고 백룡이 되어 용솟음쳐 흐르는 물이 저쪽 산모퉁이를 10리나 두고 돌고, 다시 이쪽 들 복판을 5리쯤 꿰뚫은 뒤에 이방원李芳源이가 사는 동네 앞 기슭을 스쳐 지나가는데 그 위에 물레방아 하나가 놓여 있다.

물레방아에서 들여다보면 동북간으로 큼직한 마을이 있으니 이 마

을에 가장 부자요, 가장 세력이 있는 사람으로 이름은 신치규申治圭라
고 부른다. 이방원이라는 사람은 그 집의 막실幕室살이를 하여 가며
그의 땅을 경작하여 자기 아내와 두 사람이 그날그날을 지내간다.

어떠한 가을 밤 유난히 밝은 달이 고요한 이 촌을 한적하게 비칠 때
그 물레방앗간 옆에 어떤 여자 하나와 어떤 남자 하나가 서서 이야기
를 하는 소리가 들리었다. 그 여자는 방원의 아내로 지금 나이가 스물
두 살, 한참 정열에 타는 가슴으로 가장 행복스러울 나이의 젊은 여자
요, 그 남자는 50이 반이 넘어 인생으로서 살아올 길을 다 살고서 거
의거의 쇠멸의 구렁텅이를 향하여 가는 늙은이다. 그의 말소리는 마
치 그 여자를 달래는 것 같이,

"애, 내 말이 조금도 그를 것이 없지? 쇤네 할멈에게도 자세한 말을
들었을 터이지마는 너 생각해보아라. 네가 허락만 하면 무엇이든지
네가 허구 싶다는 것을 내가 전부 해줄 터이란 말야. 그까짓 방원이
녀석하고 네가 몇 백 년을 살아야 언제든지 막실 구석을 면하지 못할
터이니……. 허허, 사람이란 젊어서 호강해보지 못하면 평생 한 번 하
여 보지 못하고 죽을 것이 아니냐. 내가 말하는 것이 조금도 잘못한
것이 없느니라! 대강 네 말을 쇤네 할멈에게 듣기는 들었으나 그래도
너에게 한 번 바로 대고 듣는 것만 못해서 이리로 만나자고 한 것이
다. 너의 마음은 어떠냐? 허허, 내 앞이라고 조금도 어떻게 알지 말고
이야기해봐, 응?"

이 늙은이는 두말할 것 없이 신치규다. 그는 탐욕스러운 눈으로 방
원의 계집을 들여다보며 한 손으로 등을 두드린다. 새침한 얼굴이 파
르족족하고 기다란 눈썹과 검푸른 두 눈 가장자리에 예쁜 입, 뽀로통

한 뺨이며 콧날이 오똑한 데다가 후리후리한 키에 떡 벌어진 엉덩이가 아무리 보더라도 무섭게 이지적理智的인 동시에 또는 창부형娼婦型으로 생긴 것이다.

계집은 아무 말 없이 서서 짐짓 부끄러운 태를 지으며 매혹적인 웃음을 생긋 웃고는 고개를 돌렸다. 그 웃음이 얼마나 짐승 같은 신치규의 만족을 사게 되었으며 또한 마음을 충족시켰는지 희끗희끗한 수염이 거의 계집의 뺨에 닿도록 더 가까이 와서,

"응? 왜 대답이 없니? 부끄러워서 그러니? 그렇게 부끄러워할 일은 아닌데."

하고 계집의 손을 잡으며,

"손도 이렇게 예쁜 줄은 이제까지 몰랐구나. 참 분결 같다. 이렇게 얌전히 생긴 애가 방원 같은 천한 놈의 계집이 되어 일평생을 그대로 썩는다는 것은 너무 가엽고 아깝지 않느냐? 애."

계집은 몸을 돌리려고 하지도 않고 영감이 하는 대로 내버려두며 눈으로 땅만 내려다보고 섰다가 가까스로 입을 떼는 듯하더니,

"제 말야 모두 쇤네 할멈이 여쭈었지요. 저에게는 너무 분수에 과한 말씀이니까요."

"온, 천만에 소리를 다하는구나. 그게 무슨 소리냐. 너도 알다시피 내가 너를 장난삼아 그러는 것도 아니겠고 후사後嗣(대를 잇는 아들)가 없어 그러는 것이니까 네가 내 아들이나 하나 나주렴. 그러면 내 것이 모두 네 것이 되지 않겠니? 자아 그러지 말고 오늘 허락을 하렴. 그러면 내일이라도 방원이란 놈을 내쫓고 너를 불러들일 터이니."

"어떻게 내쫓을 수가 있어요?"

"허어 그것이 그리 어려울 것이 무엇 있니. 내가 나가라는 데 제가 나가지 않고 배길 줄 아니?"

"그렇지만 너무 과하지 않을까요?"

"무엇, 저런 생각을 하니까 네가 이 모양으로 이때까지 있었지. 어떻단 말이냐? 그런 것은 조금도 염려하지 말구. 자아, 또 네 서방에게 들킬라, 어서 들어가자."

"먼저 들어가세요."

"왜?"

"남이 보면 수상히 알게요."

"무얼 나하고 가는데 수상히 알 게 무어야…… 어서 가자."

계집은 천천히 두어 걸음을 따라가다가,

"영감!"

하고 머츰하고(잠시 멈춰 뜸하고) 서 있다.

"왜 그러니?"

계집은 다시 말이 없이 서 있다가,

"아니에요."

하고,

"먼저 들어가세요."

하며 돌아선다. 영감이 간이 달아서 계집의 손을 잡으며,

"가자, 집으로 들어가자."

그의 가슴은 두근거리는지 숨소리가 잦아진다. 계집은 손을 빼려고 하며,

"점잖으신 어른이 이게 무슨 짓이에요."

하면서도 그의 몸짓에는 모든 것을 허락한다는 뜻이 보였다. 영감은 계집의 몸을 끌어안더니 방앗간 뒤로 돌아섰다. 계집은 영감 가슴에 안겨서 정욕이 가득 찬 눈으로 그를 보면서,

"영감."

말 한 번 하고 침 한 번 삼키었다.

"영감이 거짓말은 안 하시지요?"

"아니."

그의 말은 떨리었다. 계집은 영감의 팔을 한 손으로 잡고 또 한 손으로는 방앗간 속을 가리켰다.

"저리로 들어가세요."

영감과 계집은 방앗간에서 2, 30분 후에 다시 나왔다.

2
신치규는 방원의 처를 얻기 위해 방원을 내쫓으려 한다

사흘이 지난 뒤에 신치규는 방원이를 자기 집 사랑 마당 앞으로 불렀다.

"얘."

방원은 상전이라 고개를 숙이고,

"예."

공손하게 대답을 하였다.

"네가 그간 내 집에서 정성스럽게 일한 것은 고마운 일이지마는……."

점잔과 주짜를 빼면서 신치규는 말을 꺼내었다. 방원의 가슴은 이 '마는' 이라는 말 뒤에 이어질 말을 미리 깨달은 듯이 온몸의 피가 가슴으로 모여드는 듯하더니 다시 터럭(길고 굵은 털)이라는 터럭은 전부 거꾸로 일어서는 듯하였다.

"오늘부터는 우리 집에 사정이 있어 그러니, 내 집에 있지 말고 다른 곳에 좋은 곳을 찾아가보아라."

아무 조건이 없다. 또한 이곳에서도 할 말이 없다. 죽으라고 하면 죽는 시늉이라도 해야 하는 것이다. 주인은 돈 가지고 사람을 사고 팔 수도 있는 것이다.

방원은 가슴이 답답하였다. 자기 혼자 몸 같으면 어디 가서 어떻게 빌어먹더라도 살 수 있지마는 사랑하는 아내를 구해갈 길이 막연하다. 그는 고개를 굽히고, 허리를 굽히고, 나중에는 마음을 굽히어 사정도 하여 보고 애걸도 하여 보았다. 그러나 그것은 헛된 일이다. 주인의 마음은 쇠나 돌보다도 더 굳었다.

방원과 그의 처는 가난 때문에 부부싸움을 한다

그는 하는 수 없이 자기 아내에게 그 이야기를 하였다. 그리고 아내더러 안주인 마님께 사정을 좀 하여 얼마간이라도 더 있게 하여 달라고 하여 보라고 하였다. 그러나 아내는 방원의 말을 들을 리가 없었다. 도리어,

"그러면 어떻게 한단 말이요. 이제부터는 나를 어떻게 먹여 살릴 터이요?"

"너는 그렇게 먹고 살 수 없을까봐 겁이 나니?"

"겁이 나지 않고. 생각을 해보구려. 인제는 꼼짝할 수 없이 죽지 않았소?"

"죽어?"

"그럼 임자가 나를 데리고 이곳까지 올 때에 무어라고 하였소. 어떻게 해서든지 너 하나야 먹여 살리지 못하겠느냐고 하였지요?"

"그래."

"그래, 얼마나 나를 잘 먹여 살리고 나를 호강시켰소? 이때까지 이태나 되도록 끌고 돌아다닌다는 것이 남의 집 행랑이었지요?"

"애, 그것을 내가 모르고 하는 말이냐? 내가 하려고 하지 않아서 그렇게 된 것이냐? 차차 살아가는 동안에 무슨 일이든지 생기겠지. 설마 요대로 늙어 죽기야 하겠니?"

"듣기 싫소! 뿔 떨어지면 구워 먹지 어느 천년에."

방원이는 가뜩이나 내쫓기고 화가 나는데 계집까지 그리하니까 속에서 열화가 치밀어 올라왔다.

"이 육시를 하고도 남을 년! 왜 남의 마음을 글컹거리니(남의 심사를 자꾸 긁어 상하게 하니)?"

"왜 사람에게 욕을 해!"

"이년아 욕 좀 하면 어떠냐?"

"왜 욕을 해!"

계집의 얼굴이 노래지며 대든다.

"이년이 발악인가?"

"누가 발악이야. 계집년 하나 건사(간수하여 지킴) 못하는 위인이 계집

보고 욕만 하고 한 게 무어야? 그래 은가락지 은비녀나 한 벌 사주어 보았어? 내가 임자 하자고 하는 대로 하지 않은 것은 없지!"

"이년아! 은가락지 은비녀가 그렇게 갖고 싶으냐? 이 더러운 년아."

"무엇이 더러워? 너는 얼마나 정한 놈이냐!"

계집의 입 속에서는 '놈' 소리가 나오기 시작한다.

"이년 보게! 누구더러 놈이래."

하고 손길이 계집의 낭자(딴머리)를 후려잡더니 그대로 집어 들고 주먹으로 등줄기를 우리었다(힘껏 때렸다).

"이 주릿대(주리를 트는 데에 쓰는 두 개의 긴 막대기)를 안길 년!"

발길이 엉덩이를 두어 번 지르니까 계집은 그대로 거꾸러졌다가 다시 일어났다. 풀어헤뜨린 머리가 치렁치렁 끌리고 씰룩한 눈에는 독기가 섞이었다.

"왜 사람을 치니? 이놈! 죽여라 죽여, 어디 죽여 보아라, 이놈 나 죽고 너 죽자!"

하고 달려드는 계집을 후려쳐서 거꾸러뜨리고서

"이년이 죽으려고 기를 쓰나!"

방원이가 계집을 치는 것은 그것이 주먹을 가지고 하는 일종의 농담이다. 그는 주먹이나 발길이 계집의 몸에 닿을 때 거기에 얻어맞는 계집의 살이 아픈 것보다 더 찌르르하게 가슴 한복판을 찌르는 아픔을 방원은 깨닫는 것이다. 홧김에 계집을 치는 것이 실상은 자기의 마음을 자기의 이빨로 물어뜯는 것이나 다름이 없는 것이다. 때리는 그에게는 몹시 애처로움이 있고 불쌍함이 있는 것이다. 그러나 자기의 화풀이를 받아주는 사람은 아직까지도 계집밖에는 없었다. 제일 만만

하다는 것보다도 가장 마음 놓고 화풀이를 할 수 있음이다. 싸움한 뒤, 하루가 못 되어 두 사람이 베개를 나란히 하고 서로 꼭 끼고 잘 때에는 그렇게 고맙고 그렇게 감격이 일어나는 위안이 또다시 없음이다. 계집을 치고 화풀이를 하고 난 뒤에 다시 가슴을 에는 듯한 후회와 더 뜨거운 포옹으로 위로를 받을 그때에는 두 사람 아니라 방원에게는 그만큼 힘 있고 뜨거운 믿음이 또다시 없는 까닭이다.

계집은 일부러 소리를 높여 꺼이꺼이 운다. 온 마을 사람이 거의 귀를 기울였으나,

"응, 또 사랑싸움을 하는군!"

하고 도리어 그 싸움을 부러워하였다. 옆집 젊은 것이 와서 싱글싱글 웃으며 들여다보며,

"인제 고만두라구."

하며, 말리는 시늉을 한다. 동네 아이들만 마당 앞에 죽 늘어서서 눈들이 똥그래서 구경을 한다.

3

처에게 미안한 방원은 처를 찾아간다

그날 저녁에 방원이는 술이 얼근하여 돌아왔다. 아까 계집을 차던 마음은 어느덧 풀어지고 술로 흥분된 마음에 그는 계집의 품이 몹시 그리워져서 자기 아내에게 사과를 할 마음까지 생기었다. 본시 사람이 좋고 마음이 약하고 다정한 그는 무식하게 자라난 까닭에 무지한 짓을 하기는 하나 그것은 결코 그의 성격을 말하는 무지함이 아니다.

그는 비척거리면서(몸을 제대로 가누지 못하고 비틀거리면서) 집으로 향하는 길에 거슴츠레하게 풀린 눈을 스르르 내리 감고 혼잣소리로,

"빌어먹을 놈! 나가라면 나가지 무서운가? 제 집 아니면 살 곳이 없는 줄 아는 게로군! 흥, 되지 않게 다 무엇이냐? 돈만 있으면 제일이냐? 이놈, 네가 그러다가는 이 주먹맛을 언제든지 볼라. 그대로 곱게 돼질 줄 아니?"

하고 개천 하나를 건너뛴 후에,

"돈! 돈이 무엇이냐?"

한참 생각하다가,

"에후."

한숨을 쉬고 나서,

"돈이 사람을 죽이는구나! 돈! 돈! 흥, 사람 나고 돈 났지 돈 나고 사람 났니?"

또 징검다리를 비척비척하고 건넌 뒤에,

"고 배라먹을 년이 왜 고렇게 포달(악을 쓰며 함부로 대듦)을 부려서 장부의 마음을 긁어 놓아!"

그의 목소리에는 말할 수 없이 다정한 맛이 있었다. 그는 자기 계집을 생각하면 모든 불평이 스러지는 듯이, 숙였던 고개를 쳐들어 하늘을 보면서,

"허어, 저도 고생은 고생이지."

하고 다시 고개를 숙인 후,

"내가 너무 해. 너무 그럴 게 아닌데."

그는 자기 집에 와서 문고리를 붙잡고 흔들면서,

"애! 자니! 자?"

그러나 대답이 없고 캄캄하다.

"이년이 어디를 갔어!"

그는 문짝을 깨어져라 하고 닫은 후에 다시 길거리로 나와 그 옆집으로 가서,

"여보 아주머니! 우리 집 색시 어디 갔는지 보았소?"

밥들을 먹는 옆엣집 내외는,

"어디서 또 취했소그려! 애 어머니가 아까 머리단장을 하더니 저 방아께로 갑디다."

"방아께로?"

"네."

방원은 처와 신치규의 불륜관계를 알게 된다

"빌어먹을 년! 방아께로는 무얼 먹으러 갔누!"

다시 혼자 방아를 향하여 가면서 혼자 중얼거린다. 그는 방앗간을 막 뒤로 돌아서자 신치규와 자기 아내가 방앗간에서 나오는 것을 보았다.

"아!"

그는 너무 뜻밖의 일이므로 아무 말도 하지 못하고 그대로 한참이나 멀거니 서서 보기만 하였다.

그의 눈에서 쌍심지가 거꾸로 섰다. 열이 올라와서 마치 주홍을 칠한 듯이 그의 눈은 붉어지고 번개 같은 광채가 번뜩거리었다.

그는 한참이나 사지를 떨었다. 두 이가 서로 맞춰서 달그락달그락

하여졌다. 그의 주먹은 부서질 것 같이 단단히 쥐어졌다.

계집과 신치규는 방원이 와 선 것을 보고서 처음에는 조금 간담이 서늘하여졌으나 다시 태연하게 내려앉았다. 일이 이렇게 되었으매 할 대로 하라는 뜻이다.

방원은 달려들어서 계집의 팔목을 잡았다. 그리고 이를 악물고 부르르 떨었다.

"나는 네가 이럴 줄은 몰랐다."

계집은,

"무얼 이럴 줄을 몰라?"

하며 파란 눈을 흘겨보더니,

"나중에는 별꼴을 다 보겠네. 으레 그럴 줄을 인제 알았나? 놔요! 왜 남의 팔을 잡고 요 모양야. 오늘부터는 나를 당신이 그리 함부로 하지는 못해요! 더러운 녀석 같으니! 계집이 싫다고 그러면 국으로(제 생긴 그대로) 물러갈 일이지, 이게 무슨 사내답지 못한 일야! 놔요!"

팔을 뿌리쳤으나 분노가 전신에 가득 찬 그는 그렇게 쉽게 손을 놓지 않았다.

"애! 네가 이것이 정말이냐?"

"정말이 아니구, 비싼 밥 먹고 거짓말 할까?"

"네가 참으로 환장을 하였구나!"

"아니 누구더러 환장을 했대? 온 기가 막혀 죽겠지! 놔요! 놔! 왜 추근추근하게 이 모양야? 놔."

하고서 힘껏 뿌리치는 바람에 계집의 손이 쑥 빠지었다. 계집은 손목을 주무르면서 암상맞게(심술맞게) 돌아섰다.

화가 난 방원은 신치규를 때린다

이때까지 이 꼴을 멀찍이 서서 보고 있던 신치규는 두어 발짝 나서더니 기침 한 번을 서투르게 하고서,

"애! 네가 술이 취하였으면 일찍 들어가 자든지 할 것이지 웬 짓이냐? 네 눈깔에는 아무 것도 보이는 것이 없단 말이냐? 너희 연놈이 싸우는 것은 너희 연놈이 어디 가서 할 일이지 여기 누가 있는지 없는지 눈깔에 보이는 것이 없어? 엣, 괘씸한 놈!"

눈깔을 부라리었다. 방원은 한참이나 쳐다보고서 말이 없었다. 생각대로 하면 한 주먹에 때려눕힐 것이지마는 그래도 그의 머릿속에는 아까까지의 상전이라는 관념이 남아 있었다. 번갯불같이 그 관념이 그의 입과 팔을 얽어놓았다. 어려서부터 오늘날까지 남을 섬겨보기만 한 그의 마음은 상전이라면 모두 두려워하는 성질을 깊이깊이 뿌리박아 놓았다. 그러나 오늘부터는 신치규가 자기의 상전이 아니요, 자기가 신치규의 종도 아니다. 다만 똑같은 사람으로 마주 섰을 뿐이다. 아니다, 지금부터는 신치규도 방원의 원수였다. 그의 간을 씹어 먹어도 오히려 나머지 한이 있는 원수다.

신치규는 똑바로 쳐다보는 방원을 마주 쳐다보며,

"똑바루 보면 어쩔 터이냐? 온, 세상이 망하려니까 별 해괴한 일이 다 많거든. 어째 이놈아!"

"이놈아?"

방원은 한 걸음 들어섰다. 나무 같이 힘센 다리가 성큼하고 나설 때 신치규는 머리끝이 으쓱하였다. 쇠몽둥이 같은 두 주먹이 쑥 앞으로

닥칠 때 그의 가슴은 덜컥 내려앉았다.

"네 입에서 이놈이라는 소리가 나오니? 이 사지를 찢어 발겨도 오히려 시원치 못할 놈아! 네가 내 계집을 빼앗으려고 오늘 날더러 나가라고 그랬지?"

"어허 이거 그놈이 눈깔이 삐었군. 애, 나는 먼저 들어가겠다. 너는 네 서방하고 나중 들어오너라!"

신치규는 형세가 위험하니까 슬금슬금 꽁무니를 빼려고 돌아서서 들어가려 했다. 방원은 돌아서는 신치규의 멱살을 잔뜩 쥐어 한 팔로 바싹 치켜들고,

"이놈 어디를 가? 네가 이때까지 맛을 몰랐구나?"

하며, 한 번 집어쳐 땅바닥에다가 태질(세게 메어치거나 내던지는 짓)을 한 뒤에 그대로 타고 앉아서 목줄띠(목구멍의 힘줄)를 누르니까, 마치 뱀이 개구리 잡아먹을 적 모양으로 깩깩 소리가 나며 말 한마디 못한다.

"이놈, 너 죽고 나 죽으면 고만 아니냐?"

하고 방원은 주먹으로 사정없이 닥치는 대로 들이댄다. 나중에는 주먹이 부족하여 옆에 있는 모루돌멩이를 집어서 죽어라 하고 내리친다. 그의 팔, 그의 몸에 끓어오르는 분노가 극도에 달하자 사람의 가슴속에 본능적으로 숨어 있는 잔인성이 조금도 남지 않고 그대로 나타났다. 그의 눈은 마치 펄떡펄떡 뛰는 미끼를 가로채고 앉은 승냥이나 이리와 같이 뜨거운 피를 보고야 만족하다는 듯이 무섭게 번쩍거렸다. 그에게는 초자연의 무서운 힘이 그의 팔과 다리에 올라왔다.

이 꼴을 보는 계집은 무서웠다. 끔찍끔찍한 일이 목전에 생길 것이다. 그의 맥이 풀린 다리는 마음대로 놓여지지 아니하였다.

"아! 사람 살류! 사람 살류!"

적적한 밤중에 쓸쓸한 마을에는 처참한 여자 목소리가 으스스하게 울리었다. 이 소리를 들은 방원은 더욱 힘을 주어서 눈을 딱 감고 죽어라 내리 짓찧었다. 뼈가 돌에 맞는 소리가 살이 으크러지는 소리와 함께 퍽퍽하였다. 피 묻은 돌이 여기저기 흩어지고 갈가리 찢긴 옷에는 살점이 묻었다.

동네편 쪽에는 수군수군하더니 구두소리가 나며 칼 소리가 덜거덕거리었다. 방원의 머리에는 번갯불같이 무엇이 보이었다. 그는 손에 주먹을 쥔 채 잠깐 정신을 차려 그 쪽으로 귀를 기울였다.

"순검(지금의 순경)······."

그는 신치규의 배를 타고 앉아서 순검의 구두소리를 듣자 비로소 자기가 무슨 짓을 하였는지 깨달았다.

그는 미친 사람처럼 일어났다. 그리고는 옆에 서서 벌벌 떠는 계집에게로 갔다.

"얘! 가자! 도망가자! 너하고 나하고 같이 가자! 자! 어서, 어서!"

계집은 자기에게 또 무슨 일이 있을까 하여 겁을 내어 도망을 하려 한다. 방원은 계집을 따라가며,

"얘! 얘! 네가 이렇게도 나를 몰라주니? 내가 너를 어떻게 생각하는지 알지를 못하니? 자! 어서 도망가자, 어서, 어서, 뒤에서 순검이 쫓아온다."

계집은 그대로 서서 종종걸음을 치며,

"싫소! 임자나 가구려! 나는 싫어요, 싫어."

"가자! 응! 가!"

그는 미친 사람처럼 계집의 팔을 붙잡고 끌었다. 그때 누구인지 그의 두 팔을 마치 형틀에 매다는 것같이 꼭 뒤로 끼어안는 사람이 있었다.

"이놈아! 어디를 가?"

그는 뒤를 돌아보지 않고도 그가 누구인지 알았다. 그는 온 전신에 맥이 풀리어 그대로 뒤로 자빠지려 할 때 어느덧 널판 같은 주먹이 그의 뺨을 사정없이 갈겼다.

"정신 차려!"

"네."

그는 무의식하게 고개가 숙여지고 말소리가 공손해졌다.

땅바닥에서는 신치규가 꿈지럭거리며 이리저리 뒹군다. 청승스러운 비명悲鳴이 들린다. 방원은 포승 지인 채, 계집은 그대로 주재소로 끌려가고, 신치규는 머슴들이 업어 들였다.

4
출옥한 방원은 복수를 결심한다

석 달이 지났다. 상해죄傷害罪로 감옥에서 복역을 하던 방원은 만기가 되어 출옥을 하였다. 그러나 신치규는 아무 일 없이 자기 집에서 치료하고 방원의 계집을 데려다 산다. 신치규는 온몸이 나은 뒤에 홀로 생각하였다.

'죽는 줄만 알았더니 그래도 이렇게 살아 있으니!'

하고 얼굴에 흠이 진 곳을 만져 보며,

'오히려 그놈이 그렇게 한 것이 나에게는 다행이지, 얼굴이 아프기는 좀 하였으나! 허어. 어떻게 그놈을 떼어 버릴까 하고 그렇지 않아도 걱정을 하던 차에 잘 되었지. 그놈 한 10년 감옥에서 콩밥을 먹었으면 좋겠다.'

방원은 감옥에서 생각하기를 나가기만 하면 연놈을 죽여버리고 제가 죽든지 요정(결판을 내어 끝마침)을 내리라 하였다. 집에서 내어쫓기고 계집까지 빼앗기고, 그것을 생각하면 이가 갈리고 치가 떨리었다. 그것이 모두 자기의 돈 없는 탓인 것을 생각하매 더욱 분한 생각이 났다.

"에, 더러운 년!"

그는 홍바지에 쇠사슬을 차고서 일을 할 때에도 가끔 침을 땅에다 뱉으면서 혼자 중얼거리었다.

"사람이 이러고서야 살아서 무엇하나. 멀쩡한 놈이 계집 빼앗기고 생으로 콩밥까지 먹으니……."

그가 감옥에서 나올 때에는 감옥소를 다시 한 번 돌아보고, 내가 여기서 마지막으로 목숨을 잃어버리든지, 그렇지 않으면 내가 내 손으로 내 목을 찔러 죽든지, 무슨 요절이 날 것을 생각하고, 다시 온 몸에 힘을 주고 쓸쓸한 웃음을 웃었다.

그는 200리나 되는 길을 걸어서 계집이 사는 촌에를 왔다. 그러나 아무도 그를 아는 체하는 사람이 없었다. 전에 친하게 지내던 사람들도 그를 보고 피해 갔다. 마치 문둥병자나 마찬가지 대우를 하였다. 감옥에서 나온 뒤로부터는 더욱 세상이 차디차졌다. 자기가 상상하던 것보다도 더 무정하여졌다.

그는 하는 수 없이 밤이 될 때까지 그 근처 산속으로 돌아다녔다. 그래서 깊은 밤에 촌으로 내려왔다. 그는 그 방앗간을 다시 지나갔다.

석 달 전 생각이 났다. 자기가 여기서 잡혀 갔다는 것을 생각할 때 더욱 억울하고 분한 생각이 치밀어올라 왔다. 그는 한참이나 거기 서서 그때 일을 생각하고 몸서리를 친 후에 다시 그 전 집을 찾아갔다.

날이 몹시 추워지고 눈이 쌓였다. 옷을 입은 것이 가을에 입고 감옥에 들었던 그것이므로 살을 에는 듯한 것이로되 그는 분한 생각과 흥분된 마음에 그것도 몰랐다.

'연놈을 모두 처치를 해버려?'

혼자 속으로 궁리를 하다가,

'그렇지, 그까짓 것들은 살려 두어 쓸데없는 인생들이야.'

하면서 옆구리에 지른 기름한(조금 긴 듯한) 단도를 다시 만져 보았다. 그는 감격스런 마음으로 그것을 쓰다듬었다. 그는 신치규의 집 울을 넘어 들어갔다. 그의 발은 전에 다닐 적 같이 익숙하였다. 그는 사랑을 엿보고 다시 뒤로 돌아서 건넌방 창 밑에 와 섰다. 귀를 기울였으나 아무 말도 들리지 않았다. 그는 손에 칼을 빼들었다. 그리고는 일부러 뒤 창문을 달각달각 흔들었다.

"그 뉘?"

하고 계집의 머리가 쑥 나오며 문이 열리었다. 그는 얼른 비켜섰다. 문은 다시 닫혀지고 계집은 들어갔다.

방원의 마음은 이상하게 동요가 되었다. 예쁜 계집의 목소리가 오래간만에 귀에 들릴 때, 마치 자기가 감옥에서 꿈을 꿀 적 모양으로 요염하고도 황홀하게 그의 마음을 꾀는 것 같았다. 그는 꿈속에서 다시 만난 것 같고 오래간만에 그를 만나 보매 모든 결심은 얼음같이 녹는 듯하였다. 그래도 계집이 설마 나를 영영 잊어버리랴 하고 옛날의 정리情理(인정과 도리)를 생각할 때 그것이 거짓말이 아니고 무엇이랴는 생각이 났다.

아무리 자기를 감옥에까지 가게 하였다 하더라도 그는 감히 칼을 들어 죽이려는 용기가 단번에 나지 않아서 주저하기 시작하였다.

'아니다, 다시 한 번만 물어보자!'

그는 들었던 칼을 다시 집고 생각하였다.

'거짓말이다. 거짓말이다! 그럴 리가 없다.'

그는 반신반의半信半疑하였다.

'그렇다. 한 번만 다시 물어보고 죽이든 살리든 하자!'

아내의 변심에 방원은 아내를 죽이고 자살한다

그는 다시 문을 달각달각하였다. 계집은 이번에도 다시 문을 열고 사면을 둘러보더니 헌 짚신짝을 신고 나왔다.

"뉘요?"

그는 방원이 서 있는 집 모퉁이를 돌아서려 할 제,

"내다!"

하고, 입을 틀어막고 칼을 가슴에 대었다.

"떠들면 죽어!"

방원은 계집의 입을 수건으로 틀어막고 결박을 한 후 들쳐 업고서 번개같이 달음질하였다. 그는 어느 결에 계집을 업어다가 물레방아 앞에 내려놓은 후 결박을 풀었다. 그리고 한숨을 쉬었다.

"나를 모르겠니?"

캄캄한 그믐밤에 얼굴을 바짝 계집의 코앞에 들이대었다. 계집은 얼굴을 자세히 보더니,

"아!"

소리를 지르더니 뒤로 물러섰다.

"조금도 놀랄 것이 없다. 오늘 네가 내 말을 들으면 살려줄 것이요, 그렇지 않으면 이것이야!"

하고, 시퍼런 칼을 들이대었다. 계집은 다시 태연하게,

"말요? 임자의 말을 들으렬 것 같으면 벌써 들었지요, 이때까지 있겠소? 임자도 남의 마음을 알지요. 임자와 나와 2년 전에 이곳으로 도망해올 적에도 전남편이 나를 죽이겠다고 허리를 찔러 그 흠이 있는 것을 날마다 밤에 당신이 어루만지었지요? 내가 그까짓 칼쯤을 무서워서 나 하고 싶은 것을 못한단 말이요? 힝, 이게 무슨 비겁한 짓이오, 사내자식이. 자! 찌르려거든 찔러보아요. 자, 자."

계집은 두 가슴을 벌리고 대들었다. 방원은 너무 계집의 태도가 대담하므로 들었던 칼이 도리어 뒤로 움찔할 만큼 기가 막혔다. 그는 무의식중에,

"정말이냐?"

하고 한 걸음 더 가까이 나섰다.

"정말이 아니고? 내가 비록 여자지마는 당신같이 겁쟁이는 아니라오! 이것이 도무지 무엇이오?"

계집은 그래도 두려웠던지 방원의 손에 든 칼을 뿌리쳐 땅에 떨어뜨리었다.

이 칼이 땅에 떨어지자 방원은 이때까지 용사勇士(용맹스러운 사람)와

같이 보이던 계집이 몹시 비겁스럽고 더러워 보이어 다시 칼을 집어 들고 덤비었다.

"에잇! 간사한 년! 어쩔 터이냐? 나하고 당장에 멀리 가지 않을 터이냐? 자아, 가자!"

그는 눈물이 어린 눈으로 타일러 보기도 하고 간청도 하여 보았다.

"자아, 어서 옛날과 같이 나하고 멀리멀리 도망을 가자! 나는 참으로 나의 칼로 너를 죽일 수는 없다!"

계집의 눈에는 독이 올라왔다. 광채가 어두운 밤에 번개같이 번쩍거리며,

"싫어요. 나는 죽으면 죽었지 가기는 싫어요. 이제 나는 고만 그렇게 구차하고 천한 생활을 다시 하기는 싫어요. 고만 물렸어요."

"너의 입으로 정말 그런 말이 나오느냐? 너는 나를 우리 고향에 다시 돌아가지도 못하게 만들어놓고, 나의 모든 것을 다 잃어버리게 한 후에 또 나중에는 세상에서 지옥이라고 하는 감옥소에까지 가게 하였지! 그러고도 나의 맨 마지막 원을 들어주지 않을 터이냐?"

"나는 언제든지 당신 손에 죽을 것까지도 알고 있소! 자! 오늘 죽으나 내일 죽으나 언제든지 죽기는 일반, 이렇게 된 이상 나를 죽이시오."

"정말이냐? 정말야?"

"정말요!"

계집은 결심한 뜻을 나타내었다. 방원의 손은 떨리었다. 그리고 그는 눈을 꽉 감고,

"에, 여우같은 년!"

하고 칼끝을 계집의 옆구리를 향하여 힘껏 내밀었다. 계집은 이를 악

물고,

"사람 죽인다!"

소리 한 번에 그 자리에 거꾸러졌다. 칼자루를 든 손이 피가 몰리는 바람에 우루루 떨리더니 피가 새어나왔다. 방원은 그 칼을 빼어 들더니 계집 위에 거꾸러져서 가슴을 찌르고 절명絕命(목숨이 끊어짐)하여 버렸다.

이야기 따라잡기

　마을에서 가장 부자요, 세력가인 신치규는 자기 집에서 막실살이하는 이방원의 처와 함께 살고 싶어 쇤네 할멈에게 이야기를 전해 달라고 한다. 가난하게 사는 것이 싫었던 방원의 처도 신치규의 말에 넘어가 물레방앗간에서 불륜 관계를 맺는다.

　신치규는 방원의 처를 얻기 위해 궁리하던 끝에 이방원에게 나가라고 한다. 이방원은 살아갈 방법이 막막해 처에게 상의를 하게 되고 결국 둘은 싸운다. 이방원은 자신을 이해하지 못하고 계속 대드는 처에게 손찌검을 하게 되고, 그날 밤 술을 마신다. 미안한 생각이 든 그는 처에게 사과를 하려고 하지만 처는 집에 없다.

　처를 찾으러 물레방앗간에 간 방원은 신치규과 함께 나오는 처를 보게 되고 둘이 불륜 관계였음을 알게 된다. 화가 난 방원은 신치규를 때려 인사불성이 되게 만들고 감옥에 간다.

한편 신치규는 방원이 감옥에 간 틈을 이용해 방원의 처를 얻어 함께 살게 된다. 감옥에서 나온 방원은 복수를 하기 위해 처를 찾아가지만 옛정을 잊지 못해 처가 함께 살 마음만 있다면 다 용서하리라 생각한다.

그러나 이미 신치규와 살고 있는 처는 가난이 싫다며 함께 살기를 거부하고 죽더라도 같이 가지 않겠다고 한다. 결국 방원은 칼로 처를 죽이고 자신도 자살하여 처 위에 눕는다.

쉽게 읽고 이해하기

불륜관계를 통한 삼각구도　마을에서 가장 부자이자 세력가인 신치규는 그 집에서 머슴살이를 하는 이방원의 아내를 탐하고자 한다. 그는 자신이 가진 부를 이용해 이방원의 아내에게 수작을 걸고, 이방원의 아내는 자신의 욕망을 위해 그 제안을 받아들인다. 이방원은 이 사실을 알고 신치규와 아내를 책망한다.

그러나 문제는 이방원 역시 아내의 본남편이 아니라는 사실이다. 둘은 2년 전에 눈이 맞아 전남편으로부터 도망쳐 살림을 차린 사이이다. 전남편 역시 둘의 관계를 알고 죽이려고 칼을 들이대었고 이방원의 아내에게는 아직 그 상처가 흉터로 남아 있다.

즉 이방원의 아내와 전남편, 이방원의 삼각구도에서 이방원의 아내, 이방원, 신치규의 삼각구도로 변한 것이다. 그러나 이 두 삼각구도의 매개는 전혀 다르다. 앞의 삼각구도는 낭만적 '사랑' 이라는 매개를 통해 이루어졌다면 뒤의 삼각구도는 '돈'이라는 매개를 통해 이루어졌다. 신치규는 자신이 가진 부를 이용해 삼각구도를 형성한다.

이방원은 앞의 삼각구도를 형성하게 한 '사랑'을 통해 다시 아내와의 관계를 회복하려고 하지만 아내는 거부한다. '사랑'으로 인한 가난한 삶보다는 '돈'을 택함으로써 윤택하고 풍요로운 현실적인 삶을 선택한 것이다. 결국 이러한 삼각구도는 '죽음'을 통해 비극적 결말을 이끌어낸다.

배신에 의한 비극적 결말 물레방앗간이라는 낭만적인 공간에서 이루어지는 불륜 행위는 결국 파국으로 치닫는 결과를 만들어낸다. 이방원의 아내는 신치규에게 아들을 낳아주면 원하는 부를 얻을 수 있다. 머슴살이를 하며 살아가는 것보다는 풍요롭고 부유한 삶을 원하는 것이다. 그녀에게 도덕적 죄책감이나 성적 수치심 같은 것은 없다. 그녀는 현재, 먹고 사는 문제가 더 중요한 것이다.

이러한 그녀의 가치관은 계속되는 가난하고 궁핍한 삶에서 비롯된 것이다. 감옥에서 나온 이방원이 함께 떠나자고 하자 죽으면 죽었지 가기 싫다고 한다. 구차하고 천한 생활을 하느니 차라리 죽기를 결심한 것이다. 이방원이 현실적인 삶보다는 사랑을 더 중요하게 생각했다면(불륜을 저지른 아내를 용서하고 그와의 행복한 삶을 꿈꾸며 가난하더라도 함께 살기를 희망했다면) 그녀는 그렇게 사느니 죽는 게 낫다고 본 것이다. 사랑에 대한 배신감에 화가 난 이방원은 결국 그녀를 죽이고 자신의 꿈이 사라지자 결국 스스로 목숨을 끊는다.

그러나 아내의 배신이 단순히 사랑의 감정에 대한 변화에서 비롯된 것이 아니라 바로 경제적 문제로 인한 것이라는 점에 주목할 필요가 있다. 이방원의 아내의 태도에서 도덕적 판단으로 인한 갈등이 전혀 나타나지 않는 것은 그만큼 그녀가 빈곤한 삶에 지쳐 있기 때문이다. 이러한 태도는 김동인의 「감자」에서도 볼 수 있다. 「감자」에서 복녀는 도덕적 관념을 가지고 있었지만, 가난하고 궁핍한 삶에 지쳐 결국 성적 타락의 길로 걷게 된다. 이방원의 아내에게는 그 과정이 삭제되어 있을 뿐이다. 이러한 인물 설정은 당시의 힘들고 지친 하층민의 삶을 잘 드러내주는 부분이라고 할 수 있다.

주인 색시를 생각하면 달이 보이고 별이 보이었디.

벙어리 삼룡이

「벙어리 삼룡이」(《여명》, 1925. 5)는 추남이자 벙어리인 삼룡이의 이루어질 수 없는 애틋한 사랑이야기로 비극적이면서도 낭만적인 결말을 이루고 있다.

등장인물

삼룡이

추남인 벙어리 하인. 오생원에게 충성스러운 하인이었지만 주인아씨를 사랑하게 된다. 결국 주인아씨를 구하려다 오해를 사고 집에서 쫓겨난다.

오생원의 아들

어리고 버릇없는 천덕꾸러기. 자기보다 잘난 신부를 맞게 되자 신부를 때리고 괴롭히고 삼룡이를 못살게 군다.

주인아씨

영락한 양반의 딸. 남편인 오생원의 아들보다 두 살 위로 남편에게 갖은 구박과 폭력을 당하며 산다.

벙어리 삼룡이

1

오생원은 빈민 촌락인 연화봉에서 세력있는 인물이다

내가 열 살이 될락말락한 때이니까 지금으로부터 14, 5년 전 일이다.

지금은 그곳을 청엽정青葉町(지금의 청파동)이라 부르지마는 그때는 연화봉蓮花峰이라고 이름하였다. 즉 남대문南大門에서 바로 내다보면은 오정포午正砲(낮 12시를 알려주는 대포)가 놓여 있는 산등성이가 있으니 이쪽이 연화봉이요, 그 새에 있는 동네도 역시 연화봉이다. 지금은 그곳에 빈민굴貧民窟이라고 할 수밖에 없는 지저분한 촌락이 생기고 노동자들밖에 살지 않는 곳이 되어 버렸으나, 그때에는 자기 딴은 행세를 한다는 사람들이 있었다.

집이라고는 10여 호밖에 있지 않았고 그곳에 사는 사람들은 대개 과목밭을 하고, 또는 채소를 심거나 그렇지 아니하면 콩나물을 길러서 생활을 하여 갔었다.

　여기에 그 중 큰 과목밭(과수원)을 갖고 그 중 여유 있는 생활을 하여 가는 사람이 하나 있었는데 그의 이름은 잊어버렸으나 동네 사람들이 부르기를 오생원이라고 불렀다.

　얼굴이 동탕하고(얼굴이 토실토실하고) 목소리가 마치 여름에 버드나무에 앉아서 길게 목 늘여 우는 매미 소리같이 저르렁저르렁하였다.

　그는 몹시 부지런한 중년 늙은이로 아침이면 새벽 일찍 일어나서 뒷짐을 지고 돌아다니며 집안일을 보살피는데 그 동네에는 그가 마치 시계와 같아서 그가 일어나는 때가 동네 사람이 일어나는 때였다. 만일 아침에 돌아다니며 잔소리를 하지 않으면 동네 사람들이 이상히 여겨 그의 집으로 가보면 그는 반드시 몸이 불편하여 누워 있었다. 그러나 그와 같은 때는 1년 360일에 한 번 있기가 어려운 일이요, 이태나 3년에 한 번 있거나 말거나 하였다.

　그가 이곳으로 이사를 온 지는 얼마 되지 아니하나 그가 언제든지 감투를 쓰고 다니므로 동네 사람들은 양반이라고 불렀고, 또 그 사람도 동네 사람들에게 그리 인심을 잃지 않으려고 섣달이면 북어쾌, 김톳을 동네 사람에게 나눠주며 농사 때에 쓰는 연장도 넉넉히 장만한 후 아무 때나 동네 사람들이 쓰게 하므로 그 동네에서는 가장 인심 후하고 존경받는 집인 동시에 세력 있는 집이다.

벙어리 삼룡이는 추남이지만 충성스럽고 부지런하다

　그 집에는 삼룡三龍이라는 벙어리 하인 하나가 있으니 키가 본시 크지 못하여 땅딸보로 되었고, 고개가 달라붙어 몸뚱이에 대강이를 갖다가 붙인 것 같다. 거기다가 얼굴이 몹시 얽고 입이 크다. 머리는 전에 새 꼬랑지 같은 것을 주인의 명령으로 깎기는 깎았으나 불밤송이(채 익기 전에 말라 떨어진 밤송이) 모양으로 언제든지 푸 하고 일어섰다. 그래 걸어다니는 것을 보면 마치 옴두꺼비가 서서 다니는 것 같이 숨차 보이고 더디어 보인다. 동네 사람들이 부르기를 삼룡이라 부르는 법이 없고 언제든지 '벙어리, 벙어리'라고 하든지 그렇지 않으면 '앵모, 앵모' 한다. 그렇지만 삼룡이는 그 소리를 알지 못한다.

그도 이 집 주인이 이리로 이사를 올 때에 데리고 왔으니 진실하고 충성스러우며 부지런하고 세차다(힘차고 억세다). 눈치로만 지내는 벙어리지마는 말하고 듣는 사람보다 슬기로울 적이 있고 평생 조심성이 있어서 결코 실수한 적이 없다.

아침에 일어나면 마당을 쓸고, 소와 돼지의 여물을 먹이며, 여름이면 밭에 풀을 뽑고 나무를 실어들이고 장작을 패며, 겨울이면 눈을 쓸고 잔심부름과 진일 마른일 할 것 없이 못하는 일이 없다.

그럴수록 이 집 주인은 벙어리를 위해 주며 사랑한다. 혹시 몸이 불편한 기색이 있으면 쉬게 하고, 먹고 싶어하는 듯한 것은 먹이고, 입을 때 입히고 잘 때 재운다.

그런데 이 집에는 3대 독자로 내려오는 아들이 있다. 나이는 열일곱 살이나 아직 열네 살도 되어 보이지 않고 너무 귀엽게 기르기 때문에 누구에게든지 버릇이 없고 어리광을 부리며 사람에게나 짐승에게 잔인 포악한 짓을 많이 한다.

동네 사람들은,

"후레자식! 아비 속상하게 할 자식! 저런 자식은 없는 것만 못해."

하고 욕들을 한다. 그래서 그의 어머니는 아들이 잘못할 때마다 그의 영감을 보고,

"그 자식 좀 때려 주구려. 왜 그런 짓을 보고 가만 두?"

하고 자기가 대신 때려 주려고 나서면,

"아뇨, 아직 철이 없어 그렇지. 저도 생각이 나면 그렇지 않을 것이 아뇨."

하고 너그럽게 타이른다. 그러면 마누라는 왜가리처럼 소리를 지르며,

"철이 없긴 지금 나이가 몇이요. 낼 모레면 스무 살이 되는데, 또 며칠 아니면 장가를 들어서 자식까지 날 것이 그래 가지고 무엇을 한단 말이오."

하고 들이대며,

"자식은 꼭 아버지가 버려놓았습니다. 자식 귀여운 것만 알았지 버릇 가르칠 줄은 모르니까……."

이렇게 싸움만 시작하려 하면 영감은 아무 말도 하지 않고 바깥으로 나가버린다.

그 아들은 더구나 벙어리를 사람으로 알지도 않는다. 말 못하는 벙어리라고 오고가며 허구리(허리 아래의 잘쏙한 부분)를 지르기도 하고 발길로 엉덩이도 찬다.

그러면 그 벙어리는 어린것이 철없이 그러는 것이 도리어 귀엽기도 하고 또는 그 힘없는 팔과 힘없는 다리로 자기의 무쇠 같은 몸을 건드리는 것이 우습기도 하고 앙증하기도 하여 돌아서서 방그레 웃으며 툭툭 털고 다른 곳으로 몸을 피해버린다.

어떤 때는 낮잠 자는 벙어리 입에다가 똥을 먹인 일도 있었다. 또 어떤 때는 자는 벙어리 두 팔 두 다리를 살며시 동여매고 손가락과 발가락 사이에 화승火繩(불을 붙일 때 쓰는 노끈)불을 붙여놓아 질겁을 하고 일어나다가 발버둥질을 하고 죽으려는 사람처럼 괴로워하는 것을 보고 기뻐하였다. 이러한 때마다 벙어리의 가슴에는 비분한 마음이 꽉 들어찼다. 그러나 그는 주인의 아들을 원망하는 것보다 자기가 병신인 것을 원망하였으며 주인의 아들을 저주한다는 것보다 이 세상을 저주하였다.

그러나 그는 결코 눈물을 흘리지 않았다. 그의 눈물은 나오려 할 때 아주 말라 붙어버린 샘물과 같이 나오려 하나 나오지를 아니하였다. 그는 주인의 집을 버릴 줄 모르는 개 모양으로 자기가 있어야 할 곳은 여기밖에 없고 자기가 믿을 곳도 여기 있는 사람들밖에 없는 줄 알았다. 여기서 살다가 여기서 죽는 것이 자기의 운명인 줄밖에 알지 못하였다. 자기의 주인 아들이 때리고 지르고 꼬집어 뜯고 모든 방법으로 학대할지라도 그것이 자기에게 으레 있을 줄밖에 알지 못하였다.

아픈 것도 그 아픈 것이 으레 자기에게 돌아올 것이요, 쓰린 것도 자기가 받지 않아서는 안 될 것으로 알았다. 그는 이 마땅히 자기가 받아야 할 것을 어떻게 해야 면할까 하는 생각을 한 번도 하여 본 일이 없었다.

그가 이 집에서 떠나가려거나 또는 그의 생활환경에서 벗어나려는 생각은 한 번도 해보지 못하였다 할지라도 그는 언제든지 그 주인 아들이 자기를 학대하고 또는 자기를 못살게 굴 때 그는 자기의 주먹과 또는 자기의 힘을 생각하여 보았다.

주인 아들이 자기를 때릴 때는 그는 주인 아들 하나쯤은 넉넉히 제지할 힘이 있는 것을 알았다.

어떠한 때는 아픔과 쓰림이 자기의 몸으로 스미어들 때면 그의 주먹은 떨리면서 어린 주인의 몸을 치려 하다가는 그는 그것을 무서운 고통과 함께 꽉 참았다.

그는 속으로,

'아니다. 그는 나의 주인의 아들이다. 그는 나의 어린 주인이다.' 하고 꾹 참았다.

그리고는 그것을 얼른 잊어버리었다. 그러다가도 동넷집 아이들과 혹시 장난을 하다가 주인 아들이 울고 들어올 때는 그는 황소같이 날뛰면서 주인을 위하여 싸웠다. 그래서 동네에서도 어린애들이나 장난꾼들이 벙어리를 무서워하여 감히 덤비지를 못하였다. 그리고 주인 아들도 위급한 경우에는 언제든지 벙어리를 찾았다. 벙어리는 얻어맞으면서도 기어드는 충견 모양으로 주인의 아들을 위하여 싫어하지 않고 힘을 다하였다.

2

삼룡이도 정욕을 가진 사람이지만 참을 수밖에 없다

벙어리가 스물세 살이 될 때까지 그는 물론 이성과 접촉할 기회가 없었다. 동네의 처녀들이 저를 '벙어리, 벙어리' 하며 괴상한 손짓과 몸짓으로 놀려 먹음을 받을 적에 분하고 골나는 중에도 느긋한 즐거움을 느끼어 본 일은 있었으나 그가 결코 사랑으로 어떠한 여자를 대해 본 일은 없었다.

그러나 정욕을 가진 사람인 벙어리도 그의 피가 차디찰 리는 없었다. 혹 그의 피는 더욱 뜨거웠을는지도 알 수 없었다. 뜨겁다 못하여 엉기어 버린 엿과 같을지도 알 수 없었다. 만일 그에게 볕을 주거나 다시 뜨거운 열을 준다면 그의 피는 다시 녹을는지도 알 수 없었다.

그가 깜빡깜빡하는 기름등잔 아래에서 밤이 깊도록 짚세기(짚신)를 삼을 때이면 남모르는 한숨을 아니 쉬는 것도 아니지마는 그는 그것을 곧 억제할 수 있을 만치 정욕에 대하여 벌써부터 단념을 하고 있었다.

마치 언제 폭발이 될는지 알지 못하는 휴화산 모양으로 그의 가슴 속에는 충분한 정열을 깊이 감추어놓았으나 그것이 아직 폭발될 시기가 이르지 못한 것이었다. 비록 폭발이 되려고 무섭게 격동함을 벙어리 자신도 느끼지 않는 바는 아니지마는 그가 그것을 폭발시킬 조건을 얻기 어려웠으며, 또는 자기가 여태까지 능동적으로 그것을 나타낼 수가 없을 만치 외계의 압축을 받았으며, 그것으로 인한 이지理智가 너무 그에게 자제력自制力을 강대하게 하여 주는 동시에 또한 너무 그것을 단념만 하게 하여 주었다.

속으로,

'나는 벙어리다.'

자기가 생각할 때 그는 몹시 원통함을 느끼는 동시에 말하는 사람들과 똑같은 자유와 똑같은 권리가 없는 줄 알았다.

그는 이와 같은 생각에서 언제든지 단념 않을래야 단념하지 않을 수 없는 그 단념이 쌓이고 쌓이어 지금에는 다만 한 개의 기계와 같이 이 집에 노예가 되어 있으면서도 그것을 자기의 천직으로 알고 있을

뿐이요, 다시는 자기가 살아갈 세상이 없는 것 같이밖에 알지 못하게
된 것이다.

3
주인의 아들은 자기보다 뛰어난 신부에게 장가를 든다

그 해 가을이다. 주인의 아들이 장가를 들었다. 색시는 신랑보다 두
살 위인 열아홉 살이다. 주인이 본시 자기가 언제든지 문벌이 얕은 것을
한탄하여 신부를 구할 때에 첫째 조건이 문벌이 높아야 할 것이었다.

그러나 문벌이 있는 집에서는 그리 쉽게 색시를 내놓을 리가 없었
다. 그러므로 하는 수 없이 그 어떠한 영락零落(세력이나 살림이 보잘것없
음)한 양반의 딸을 돈을 주고 사오다시피 하였으니, 무남독녀의 딸을
둔 남촌 어느 과부를 꿀을 발라서 약혼을 하고 혹시나 무슨 딴소리가
있을까 하여 부랴부랴 혼례식을 시켜 버렸다.

혼인할 때의 비용도 그 때 돈으로 3만 냥을 썼다. 그리고 아들의 처
갓집에 며느리 뒤 보아주는 바느질삯, 빨래삯이라는 명목으로 한 달
에 2,500냥씩을 대어주었다.

신부는 자기 아버지가 돌아가기 전까지만 해도 상당히 견디기도 하
고 또는 금지옥엽金枝玉葉(금으로 된 가지와 옥으로 된 잎, 귀여운 자식을 의미)
같이 기른 터이라, 구식 가정에서 배울 것 배우고 익힐 것은 익혀 못
하는 것이 없고 게다가 본래 인물이라든지 행동거지에 조금도 구김이
있지 아니하다.

신부가 오자 신랑의 흠절欠節(부족하거나 잘못된 점)이 생기기 시작하였다.

"신부에게 대면 두루미와 까마귀지."

"아직도 철딱서니가 없어."

"색시에게 쥐어 지내겠지."

"신랑에겐 과하지."

동넷집 말 좋아하는 여편네들이 모여 앉으면 이렇게 비평들을 한다. 어떠한 남의 걱정 잘하는 마누라님은 간혹 신랑을 보고는 그대로 세워 놓고,

"글쎄, 인제는 어른이 되었으니 셈이 좀 나요. 저러구 어떻게 색시를 거느려 가누. 색시 방에 들어가기가 부끄럽지 않담."

하고 들이대다시피 하는 일이 있다.

이럴 적마다 신랑의 마음은 그 말하는 이들이 미웠다. 일부러 자기를 부끄럽게 하려고 하는 것 같아서 그 후에 그를 만나면 말도 안 하고 인사도 아니한다. 또 그의 고모 되는 이가 와서 자기 조카를 보고,

"인제는 어른이야. 너도 그만하면 지각이 날 때가 되지 않았니. 네 처가 부끄럽지 아니하냐."

하고 타이를 적마다 그의 마음은 그 말하는 사람이 부끄럽다는 것보다도 자기를 이렇게 하게 한 아내가 더욱 밉살머리스러웠다.

"여편네가 다 무엇이냐? 저 빌어먹을 년이 들어오더니 나를 이렇게 못살게들 굴지."

혼인한 지 며칠이 못되어 그는 색시방에 들어가지를 않았다. 집안에서는 야단이 났다. 마치 돼지나 말 새끼를 혼례시키려는 것 같이 신랑을 색시 방으로 집어넣으려 하나 막무가내였다.

그럴 때마다 신랑은 손에 닥치는 대로 집어 때려서 자기의 외사촌

누이의 이마를 뚫어서 피까지 나게 한 일이 있었다.

집안 식구들은 하는 수가 없어 맨 나중으로 아버지에게 밀었다. 그러나 그것도 소용이 없을 뿐더러 풍파를 더 일으키게 하였다. 아버지께 꾸중을 듣고 들어와서는 다짜고짜로 신부의 머리채를 쥐어 잡아 마루 한복판에 태질을 쳤다.

그리고는,

"이년 네 집으로 가거라. 보기 싫다. 내 눈 앞에는 보이지도 마라." 하였다. 밥상을 가져오면 그 밥상이 마당 한복판에서 재주를 넘고, 옷을 가져오면 그 옷이 쓰레기통으로 나간다.

이리하여 색시는 시집오던 날부터 팔자 한탄을 하며 날마다 우는 사람이 되었다. 울면은 요사스럽다고 때린다. 또 말이 없으면 빙충맞다(똑똑하지 못하고 어리석다)고 친다. 이리하여 그 집에는 평화스러운 날이 하루도 없었다.

삼룡이는 주인이 선녀 같은 색시를 때리는 것을 이해할 수 없다

이것을 날마다 보는 사람 가운데 알 수 없는 의혹을 품게 된 사람이 하나 있었으니 그는 곧 벙어리 삼룡이었다.

그렇게 예쁘고 유순하고 그렇게 얌전한, 벙어리의 눈으로 보아서는 감히 손도 대지 못할 만치 선녀 같은 색시를 때리는 것은 자기의 생각으로는 도저히 풀 수 없는 의심이다.

보기에도 황홀하고 건드리기도 황송할 만치 숭고한 여자를 그렇게 학대한다는 것은 너무나 세상에 있지 못할 일이다. 자기는 주인 새서방에게 개나 돼지 같이 얻어맞는 것이 마땅한 이상으로 마땅하지마는, 선녀와 짐승의 차가 있는 색시와 자기가 똑같이 얻어맞는 것은 너무 무서운 일이다. 어린 주인이 천벌이나 받지 않을까 두렵기까지 하였다.

어떠한 달밤, 사면은 고요적막하고 별들은 드문드문 눈들만 깜박이며 반달이 공중에 뚜렷이 달려 있어 수은으로 세상을 깨끗하게 닦아낸 듯이 청명한데, 삼룡이는 검둥개 등을 쓰다듬으며 바깥마당 멍석 위에 비슷이 드러누워 하늘을 쳐다보며 생각하여 보았다.

주인 색시를 생각하면 공중에 있는 달보다도 더 곱고 별들보다도 더 깨끗하였다. 주인 색시를 생각하면 달이 보이고 별이 보이었다. 삼라만상을 씻어내는 은빛보다도 더 흰 달이나 별의 광채보다도 그의 마음이 아름답고 부드러운 듯하였다. 마치 달이나 별이 땅에 떨어져 주인 새아씨가 된 것 같고, 주인 새아씨가 하늘에 올라가면 달이 되고 별이 될 것 같았다.

더구나 자기를 어린 주인이 때리고 꼬집을 때 감히 입 벌려 말은 하지 못하나 측은하고 불쌍히 여기는 정이 그의 두 눈에 나타나는 것을 다시 생각할 때 그는 부들부들한 개 등을 어루만지면서 감격을 느끼었다. 개는 꼬리를 치며 자기를 귀여워하는 줄 알고 벙어리의 손을 핥았다.

삼룡이의 마음은 주인아씨를 동정하는 마음으로 가득 찼다. 또는 그를 위하여서는 자기의 목숨이라도 아끼지 않겠다는 의분에 넘치었다. 그것은 마치 살구를 보면 입 속에 침이 도는 것 같이 본능적으로 느끼어지는 감정이었다.

4
삼룡이는 주인아씨를 사모하여 상사병에 걸린다

새댁이 온 뒤에 다른 사람들은 자유로운 안 출입을 금하였으나, 벙어리는 마치 개가 맘대로 안을 출입할 수 있는 것 같이 아무 의심 없이 출입할 수 있었다.

하루는 어린 주인이 먹지 않던 술이 잔뜩 취하여 무지한 놈에게 맞아서 길에 자빠진 것을 업어다가 안으로 들여다 눕힌 일이 있었다. 그 때에 아무도 안에 있지 않고 다만 새색시 혼자 방에서 바느질을 하고 있다가 이 꼴을 보고 벙어리의 충성된 마음이 고마워서, 그 후에 쓰던 비단 헝겊 조각으로 부시쌈지(부싯깃이나 부싯돌 따위를 넣는 쌈지) 하나를 만들어준 일이 있었다.

이것이 새서방님의 눈에 띄었다. 그래서 색시는 어떤 날 밤 자던 몸으로 마당 복판에 머리를 푼 채 내동댕이가 쳐졌다. 그리고 온몸에 피가 맺히도록 얻어맞았다.

이것을 본 벙어리는 또다시 의분의 마음이 뻗쳐 올라왔다. 그래서 미친 사자와 같이 뛰어 들어가 새서방님을 내어던지고 새색시를 둘러메었다. 그리고는 나는 수리(독수리의 방언)와 같이 바깥사랑 주인 영감 있는 곳으로 뛰어가 그 앞에 내려놓고 손짓과 몸짓을 열 번 스무 번 거푸 하며 하소연하였다.

그 이튿날 아침에 그는 주인 새서방님에게 물푸레로 얼굴을 몹시 얻어맞아서 한쪽 뺨이 눈을 얼러서 피가 나서 주먹같이 부었다. 그 때릴 적에 새서방 입에서 나오는 말은,

"이 흉측한 벙어리 같으니, 내 여편네를 건드려!"

하고 부시쌈지를 빼앗아 갈가리 찢어 뒷간에 던졌다.

"그리고 이놈아! 인제는 주인도 몰라보고 막 친다. 이런 것은 죽여야 해!"

하고 채찍으로 그의 뒷덜미를 갈겨서 그 자리에 쓰러지게 하였다.

벙어리는 다만 두 손으로 빌 뿐이었다. 말도 못하고 고개를 몇 백 번 코가 땅에 닿도록 그저 용서를 빌기만 하였다. 그러나 그의 가슴에는 비로소 숨겨 있던 정의감이 머리를 들기 시작하였다. 그는 그 아픈 것을 참아가면서 복받치는 분노를 억제하였다.

그때부터 벙어리는 안방에 들어가지 못하였다. 이 들어가지 못하는 것이 더욱 벙어리로 하여금 궁금증이 나게 하였다. 그 궁금증이라는 것이 묘하게 빛이 변하여 주인아씨를 뵈옵고 싶은 감정으로 변하였다. 뵈옵지 못하므로 가슴이 타올랐다. 몹시 애상哀傷(슬퍼하거나 가슴 아파함)의 정서가 그의 가슴을 저리게 하였다. 한 번이라도 아씨를 뵈올 수가 있으면 하는 마음이 나더니 그의 마음의 넋을 느끼기를 시작하였다. 센티멘털한 가운데서 느끼는 그 무슨 정서는 그에게 생명 같은 희열을 주었다. 그것과 가기의 목숨이라도 바꿀 수 있을 것 같았다. 어떤 때는 그대로 대강이로 담을 뚫고 들어가고 싶도록 주인아씨를 뵈옵고 싶은 것을 꾹 참을 때도 있었다.

그 후부터는 밥을 잘 먹을 수가 없었다. 일도 손에 잡히지 않았다. 틈만 있으면 안으로만 들어가고 싶었다.

주인이 전보다 많이 밥과 음식을 주고 더 편하게 하여 주었으나 그것이 싫었다. 그는 밤에 잠을 자지 않고 집 가장자리로 돌아다녔다.

5

삼룡이는 주인아씨의 자살을 막으려다 오해를 산다

하루는 주인 새서방님이 술이 취하여 들어오더니 집안이 수선수선하여지며 계집 하인이 약을 사러 갔다 들어오는 것을 보고 그 계집 하인을 붙잡았다. 그리고 무엇이냐고 물었다.

계집 하인은 한 주먹을 뒤통수에 대고 얼굴을 쓰다듬으며 둘째 손가락을 내밀었다. 그것은 그 집 주인은 엄지손가락이요, 둘째 손가락은 새서방님이라는 뜻이요, 주먹을 뒤통수에 대는 것은 여편네라는 뜻이요, 얼굴을 문지르는 것은 예쁘다는 뜻으로 벙어리에게 쓰는 암호다.

그런 뒤에 다시 혀를 내밀고 눈을 뒤집어쓰는 형상을 하고 두 팔을 싹 벌리고 뒤로 자빠지는 꼴을 보이니, 그것은 사람이 죽게 되었거나 앓을 적에 하는 말 대신의 손짓이다.

벙어리는 눈을 크게 뜨고 계집 하인에게 한 발짝 가까이 들어서며 놀라는 듯이 한참이나 있었다.

그의 가슴은 무섭게 격동하였다. 자기의 그리운 주인아씨가 죽었다는 말이나 아닌가. 그는 두 주먹을 마주치며 한숨을 쉬었다. 그러고는 자기 방에 무엇을 생각하는 것처럼 두어 시간이나 두 눈만 껌벅껌벅하고 앉았었다.

그날 밤이 깊어 갈수록 궁금증 나는 사람처럼 일어섰다 앉았다 하더니 2시나 되어서 바깥으로 나가서 뒤로 돌아갔다.

그는 도둑놈처럼 조심스럽게 바로 건넌방 뒤 미닫이 앞 담에 서서 주저주저하더니 담을 넘었다. 가까이 창 앞에 서서 문틈으로 안을 살피다가 그는 진저리를 치며 물러섰다.

어두운 밤에 그의 손과 발이 마치 그 뒤에 서 있는 감나무 잎 같이 떨리더니 그대로 문을 박차고 뛰어 들어갔을 때, 그의 팔에는 주인아씨가 한 손에 기다란 명주 수건을 들고서 한 팔로 벙어리의 가슴을 밀치며 뻗디디었다. 벙어리는 다만 눈이 뚱그래서 '에헤' 소리만 지르고 그 수건을 뺏으려 애쓸 뿐이다.

집안이 야단났다.

"집안이 망했군!"

"어디 사내가 없어서 벙어리를!"

"어떻든 알 수 없는 일이야!"

하는 소리가 이 구석 저 구석에서 수군댄다.

6
오해를 받은 삼룡이는 집에서 쫓겨난다

그 이튿날 아침에 벙어리는 온몸이 짓이긴 것이 되어 마당에 거꾸러져 입에서 피를 토하며 신음하고 있었다. 그 곁에서는 새서방이 쇠줄 몽둥이를 들고서 문초를 한다.

"이놈!"

하고는, 음란한 흉내는 모조리 하여 가며 건넌방을 가리킨다. 그러나 벙어리는 손을 내저을 뿐이다. 또 몽둥이에서는 살점이 묻어나왔다. 그리고 피가 흘렀다.

벙어리는 타들어가는 목으로 소리도 못 내며 고개만 내젓는다. 그는 피를 토하며 거꾸러지며 이마를 땅에 비비며 고개를 내흔든다. 땅에는 피가 스며든다. 새서방은 채찍 끝에 납 뭉치를 달아서 가슴을 훔쳐 갈겼다가 힘껏 잡아 뽑았다. 벙어리는 그대로 거꾸러지며 말이 없었다.

새서방은 그래도 시원치 못하였다. 그는 어제 벙어리가 새로 갈아 놓은 낫을 들고 달려왔다. 그는 그 시퍼렇게 날선 낫을 번쩍 들었다. 그래서 벙어리를 찌르려 할 때 벙어리는 한 팔로 그것을 받았고, 집안 사람들은 달려들었다. 벙어리는 낫을 뿌리쳐 저리로 내던졌다.

주인은 집안이 망하였다고 사랑에 누워서 모든 일을 들은 체 만 체 문을 닫고 나오지를 아니하며, 집안에서는 색시를 쫓는다고 야단이다.

그날 저녁에 벙어리는 다시 끌려 나왔다. 그 때에는 주인 새서방이 그의 입던 옷과 신을 주며 눈을 부릅뜨고 손을 멀리 가리키며,

"가! 인제는 우리 집에 있지 못한다."

하였다. 이 소리를 듣는 벙어리는 기가 막혔다. 그에게는 이 집 외에는 다른 집이 없다. 살 곳이 없었다. 자기는 언제든지 이 집에서 살고 이 집에서 죽을 줄밖에 몰랐다. 그는 새서방님의 다리를 기어안고 애걸하였다. 말도 못하는 것을 몸짓과 표정으로 간곡한 뜻을 표하였다. 그러나 새서방님은 발길로 지르고 사람을 불렀다.

"이놈을 좀 내쫓아라."

벙어리는 죽은 개 모양으로 끌려 나갔다. 그리고 대갈빼기를 개천 구석에 들이 박히면서 나가 곤드라졌다가 일어서서 다시 들어오려 할 때에는 벌써 문이 닫혀 있었다.

그는 문을 두드렸다. 그의 마음으로는 주인영감을 찾았으나 부를 수가 없었다. 그가 날마다 열고 날마다 닫던 문이 자기가 지금은 열려고 하나 자기를 내쫓고 열리지를 않는다. 자기가 건사하고 자기가 거두던 모든 것이 오늘에는 자기의 말을 듣지 않는다. 어려서부터 지금까지 모든 정성과 힘과 뜻을 다하여 충성스럽게 일한 값이 오늘에는 이것이다.

그는 비로소 믿고 바라던 모든 것이 자기의 원수란 것을 알았다. 그는 모든 것을 없애버리고 자기도 또한 없어지는 것이 나은 것을 알았다.

삼룡이는 주인아씨와 함께 불속에서 죽음을 맞는다

그날 저녁 밤은 깊었는데 멀리 닭이 우는 소리와 함께 개 짖는 소리만이 들린다. 난데없는 화염이 벙어리 있던 오생원 집을 에워쌌다. 그 불은 미리 놓으려고 준비하여 놓았는지 집 가장자리로 쭉 돌아가며 흩어놓은 풀에 모조리 달라붙어 공중에서 내려다보면 집의 윤곽이 선명하게 보일 듯이 타오른다.

불은 마치 피 묻은 살을 맛있게 잘라 먹는 요마妖魔(요망하고 간사한 마귀)의 혓바닥처럼 날름날름 집 한 채를 삽시간에 먹어버리었다. 이와 같은 화염 속으로 뛰어 들어가는 사람이 하나 있으니 그는 다른 사람이 아니라 낮에 이 집을 쫓겨난 삼룡이다. 그는 먼저 사랑에 가서 문을 깨뜨리고 주인을 업어다가 밭 가운데 놓고 다시 들어가려 할 제 얼굴과 등과 다리가 불에 데어 쭈그러져 드는 것을 알지 못하였다.

그는 건넌방으로 뛰어들었다. 그러나 색시는 없었다. 다시 안방으로 뛰어들었다. 그러나 또 없고 새서방이 그의 팔에 매달리어 구원하기를 애원하였다. 그러나 그는 그것을 뿌리쳤다. 다시 서까래가 불이 시뻘겋게 타면서 그의 머리에 떨어졌다. 그러나 그는 그것을 몰랐다. 부엌으로 가보았다. 거기서 나오다가 문설주가 떨어지며 왼팔이 부러졌다. 그러나 그것도 몰랐다. 그는 다시 광으로 가보았다. 거기도 없었다. 그는 다시 건넌방으로 들어갔다. 그때야 그는 색시가 타 죽으려고 이불을 쓰고 누워 있는 것을 보았다. 그는 색시를 안았다. 그리고는 길을 찾았다. 그러나 나갈 곳이 없었다. 그는 하는 수 없이 지붕으로 올라갔다. 그는 비로소 자기의 몸이 자유롭지 못한 것을 알았다. 그러나 그는 자기가 여태까지 맛보지 못한 즐거운 쾌감이 자기의 가슴에 느껴지는 것을 알았다. 색시를 자기 가슴에 안았을 때 그는 이제 처음으로 살아난 듯하였다. 그는 자기의 목숨이 다한 줄 알고, 그 색시를 내려놓았을 때에는 그는 벌써 목숨이 끊어진 뒤였다. 집은 모조리 타고 벙어리는 색시를 무릎에 뉘고 있었다. 그의 울분은 그 불과 함께 사라졌을는지! 평화롭고 행복스러운 웃음이 그의 입 가장자리에 엷게 나타났을 뿐이다.

이야기 따라잡기

　　연화봉에는 오생원이란 사람이 살고 있다. 오생원은 인정 많고 부지런하여 동네에서 존경 받는 인물이다. 그 집에는 땅딸보이자 못생긴 벙어리 하인 삼룡이가 있다. 삼룡이는 못하는 일이 없어 충성스러운 인물이다.

　　한편 오생원에게는 버릇없고 고약한 성격의 어린 아들이 있다. 주인 아들은 삼룡이를 놀리며 못 살게 굴었지만 삼룡이는 주인의 아들이기에 충성을 다한다.

　　그러던 어느 날 주인의 아들이 2살 많은 양반집 아씨와 결혼을 하게 된다. 아씨와의 비교로 열등감을 얻게 된 주인 아들은 아씨를 때리고 못 살게 군다. 삼룡이는 이를 보며 선녀 같은 아씨가 짐승처럼 맞는 것을 이해하지 못한다.

　　그러던 어느 날 아씨는 술 먹고 정신을 잃은 주인 아들을 데려다준

충성스런 삼룡이가 고마워 부시쌈지를 하나 만들어준다. 이를 알게 된 주인 아들은 삼룡이를 때린다.

아씨가 아프다는 말을 들은 삼룡이는 아씨를 찾아간다. 그때 자살하려는 아씨를 말리다가 사람들의 오해를 사고 집에서 쫓겨나게 된다.

그날 밤 주인집에 불이 나자 삼룡이는 불속에 들어가 주인을 구하고 주인 아들의 살려달라는 손길을 뿌리친 채 아씨를 구하러 불속으로 들어간다. 불길이 거세어져 밖으로 나오지 못한 삼룡이는 아씨를 안고 지붕으로 올라가 죽음을 맞이한다.

쉽게 읽고 이해하기

신분을 초월한 사랑 1920년대 가장 우수한 단편소설의 하나로 손꼽히는 이 소설의 주인공 삼룡이는 벙어리라는 운명적 결함을 지니고 있다. 연화봉 오생원 집 하인으로 키가 작은 땅딸보이고 고개는 달라붙어 목이 없는 듯 보인다. 뿐만 아니라 얼굴이 매우 못생겼고 입이 크며, 머리는 밤송이 같다. 걸어다니는 모습은 옴두꺼비가 서서 다니는 것처럼 숨차 보이고 더디어 보인다.

반면 주인아씨는 비록 영락했기는 하지만 양반의 혈통을 타고 났으며, 구식 가정에서 배울 것 배우고, 익힐 것은 익혀 못하는 것이 없으며, 인물이나 행동거지에 조금도 구김이 없는 인물이다. 특히 삼룡이가 보기에는 달보다 고운 인물로 주인아씨를 생각하면 달이 보이고 별이 보였다.

이렇게 두 사람은 극적인 대조를 보인다.

	삼룡이	주인아씨
신분	하인	양반
인물	못생김	달보다 고움
행동	두꺼비 같음	구김이 없음
지식수준	무지함	못하는 것이 없음
신체적 결함	벙어리	없음

이러한 뚜렷한 차이에도 불구하고 두 사람은 주인 아들의 구박을 받는다는 공통점을 지닌다. 삼룡이는 자신의 지위적, 신체적 결함으로 인해 멸시의 대상이 된 것이고, 아씨는 주인의 아들보다 더 잘났다는 점에서 질투의 대상이 된 것이다. 이로 인해 두 사람은 서로에게 연민의 감정을 느끼게 되고, 삼룡이는 아씨를 사랑하게 된다. 하지만 신분적 차이로 인해 둘의 사랑은 이루어질 수 없을 뿐만 아니라 이미 주인아씨는 주인의 아들과 결혼한 사이이기 때문에 충복인 삼룡이는 감히 주인아씨를 넘볼 수 없다.

그러나 삼룡이는 주인집에서 쫓겨나게 됨으로 인해 그 신분적 차이을 넘어설 수 있게 된다. 특히 방화라는 사건으로 인해 현실에서 불가능한 사랑을 하게 된다. 불속에서 죽음을 맞이함으로 신분적 한계를 넘어서 두 사람의 사랑은 이루어질 수 있는 것이다.

낭만주의와 사실주의 삼룡이는 사랑해서는 안 되는 주인아씨를 사랑한다. 그러나 집에서 쫓겨나는 순간, 충성을 다할 주인과 하인의 관계에서 벗어난 삼룡이는 주인아씨에 대한 사랑을 표현할 수 있게 된다. 자신의 사랑을 표현하면서 죽음을 맞이하는 삼룡이의 모습은 지극히 낭만주의적이다.

그러나 이러한 낭만적 사랑은 평범한 현실 속에서는 불가능하다. 그래서 작가는 방화라는 소재를 사용한다. 신경향파 소설에 많이 등장하는 방화와 살인은 당시의 부조리한 현실에 대한 투쟁의 형태로 드러나지만, 이 소설에서는 이루어질 수 없는 사랑을 극복하는 매개체로 등장한다. 이러한 방식은 단순한 낭만성에 초점을 맞추는 것이 아니라 현실 세계에 대한 인식, 즉 실제로 있을 수 있는 사실주의적 면모를 드러내는 부분이라 할 수 있다.

옛날 꿈은 창백하더이다

「옛날 꿈은 창백하더이다」(《개벽》, 1922)는 열두 살 난 화자가 추억하는 어린 시절에 대한
이야기로 할머니의 무조건적인 신앙에 대한 아버지의 반발과 그로 인한 어머니와의 갈등을 그리
고 있다.

등장인물

나

이야기의 화자. 열두 살 가을에 있었던 일을 회상한다.

어머니

아이들을 위해 헌신하는 어머니. 할머니와 아버지의 갈등 사이에서
고민하지만 아이들에게 피해를 주지 않기 위해 노력한다.

아버지

할머니의 믿음을 불신하는 인물. 할머니가 빚을 내면서까지 교회에
맹신하는 것에 불만을 가지고 있다. 이로 인해 어머니와 다툼을 하
게 된다.

할머니

예수교 신자. 빚을 내어 예배당에 돈을 가져다준다.

옛날 꿈은 창백하더이다

열두 살 되던 해 가을은 쓸쓸하고 적막했다

내가 열두 살 되던 어떠한 가을이었다. 근 5리나 되는 학교에를 다녀온 나는 책보를 내던지고 두루마기를 벗고 뒷동산 감나무 밑으로 달음질하여 올라갔다.

쓸쓸스러운 붉은 감잎이 죽어가는 생물처럼 여기저기 휘둘러서 휘날릴 때 말없이 오는 가을바람이 따뜻한 나의 가슴을 간지르고 지나가매, 나도 모르는 쓸쓸한 비애가 나의 두 눈을 공연히 울고 싶게 하였다. 이웃집 감나무에서 감을 따는 늙은이가 나뭇가지를 흔들 때마다 떼지어 구경하는 떠꺼머리 아이들과 나이 어린 처녀들의 침 삼키는 고개들이 일제히 위로 향하여지며 붉고 연한 커다란 연감이 힘없이 떨어진다.

음습한 땅 냄새가 저녁연기와 함께 온 마을을 물들이고 구슬픈 갈

가마귀 소리가 서편 숲속에서 났다. 울타리 바깥 콩나물 우물에서는 저녁 콩나물에 물 주는 소리가 척척하게 들릴 적에 촌녀의 행주치마 두른 짚세기 걸음이 물동이와 달음박질한다.

나는 날마다 학교에서 돌아오는 길로 하는 것이라고는 이것이 첫째 번 과목이다. 공연히 뒷동산으로 왔다 갔다 한다.

그날도 감나무 동산에서 반숙한 연감 하나를 따먹고서 배추밭 무밭 틈으로 돌아다녔다. 지렁이 똥이 몽글몽글하게 올라온 습기 있는 밭이랑과 고양이밥이 나있는 빈 터전을 쓸데없이 돌아다닐 때 건너편 철도 연변에 서있는 전깃불이 어느 틈에 반짝반짝한다.

그때에 짚신 신은 나의 아우가 뒷문에 나서면서 부엌에서 밥투정을 하다 나왔는지 열 손가락과 입 가장자리에는 밥알투성이를 하여 가지고 딴사람은 건드리지도 못하는 저의 백동 숟가락을 거꾸로 들고 서서,

"언니, 밥 먹으래."

하고 내가 바라보고 서 있는 곳을 덩달아 쳐다본다.

"그래."

하고 대답을 한 나는 아무 소리도 없이 마루 끝에 가 앉으며 차려 놓은 밥상을 한 귀퉁이 점령하였다. 밥 먹는 이라고는 우리 어머니와 일해주는 마누라와 나와 나의 다섯 살 먹은 아우뿐이다.

소학교 4학년을 다니는 내가 무엇을 알며 무엇을 감득할(느껴서 알) 능력을 가졌으며 안다 하면 얼마나 알고 감득하면 몇 푼어치나 감득하리요. 그러나 웬일인지 그때부터 나의 어린 마음은 공연히 쓸쓸하고 우울하여졌다. 나뭇가지 하나가 바람에 흔들리는 것이나, 저녁 참새가 처마 끝에서 옹송그리고 재재거리는 것이나, 한가한 오계午鷄(한

낮에 우는 닭)가 길게 목 늘여 우는 것이나, 하늘 위에 솟는 별이 종알거리는 것이나, 저녁달이 눈[雪] 위에 차디차게 비추인 것이나, 차르럭거리며 흐르는 냇물이나, 더구나 나무 잎사귀와 채소 잎사귀에 얽힌 백로白露의 뻔지르하게 흐르는 것이 왜 그리 그 어린 나의 감정을 창백한 감상의 와중으로 처틀어박는지 약한 심정과 연한 감정은 공연한 비애 중에서 때 없는 눈물을 흘리었었다.

그것을 시상詩想의 발아發芽라 할는지 현묘玄妙(헤아릴 수 없이 미묘함) 유원幽遠한(심오하여 아득한) 그 무슨 경역境域(경계 안의 지역)을 동경하는 첫째 번 동구洞口(동네 어귀)일는지는 알지 못하겠으나 어떻든 나는 다른 이의 어린 때와 다른 생애의 일절을 밟아왔다. 그러나 그것은 몽롱한 과거이며 흐릿한 기억이다.

저녁식사 중에 할머니가 찾아온다

그날 저녁에도 어둠침침한 마루 끝에서 갓 지은 밥을 한 숟가락 두 숟가락 퍼먹을 때에 공연히 쓸쓸하고 적적하다. 어렴풋한 연기 냄새가 더구나 마음을 괴롭게 한다. 침묵이 침묵을 낳고 침묵이 침묵을 이어 침침한 저녁을 더 어둡게 할 때, 나는 웬일인지 간지럽게 그 침묵이 싫었다. 더구나 초가집 처마 끝에서 이리 얽고 저리 얽어놓은 왕거미 한 마리가 어느덧 나의 눈에 뜨일 때에 나는 공연히 으쓱하여 무엇을 생각하시는지 입에 든 밥만 씹고 계신 우리 어머니의 얼굴만 쳐다보았다. 그리고 코를 손등으로 씻어 가며 손가락으로 반찬을 집어 먹는 나의 아우의 얼굴을 바라보았다.

"할멈, 물 좀 떠오게."

하는 소리가 우리 어머니 입에서 떨어지며 그 흉한 침묵이 깨지었다. 할멈은 행주치맛자락에 손을 씻으며 대접을 들고 부엌으로 내려가더니 솥뚜껑 소리가 한 번 덜컹 하고 숭늉 한 그릇을 들고 나온다. 어머니는 아무 소리 없이 그 물을 나에게다 내미시면서,

"물 말아 먹으련?"

하시니까 물어보신 나의 대답은 나오기도 전에 나의 동생이 어리광부리는 그 소리로,

"물."

하고 물그릇을 가로채 간다.

"엎질러진다. 언니 먹거든 먹어라."

하시는 어머니의 권고는 아무 효력이 없이 왈칵 잡아당기는 물그릇은 출렁하더니 내 동생 바지 위에 들어부었다. 그 일 찰나 간에 우리 네 사람은 일제히 물러앉으며,

"에그."

하였다. 어머니는,

"걸레, 걸레."

하며 할멈에게 손을 내미신다.

"글쎄 천천히 먹으면 어때서 그렇게 발광이냐."

하시며 상을 찌푸리시고 할멈이 집어주는 걸레를 집어 나의 아우의 바지 앞을 털어주신다. 때가 묻은 바지 앞을 엉거주춤하고 내밀고 있는 나의 아우는 다만 두 팔만 벌리고 서서 아무 말이 없다.

나는 미안하여 그리하였던지 동생의 철없이 날뛰는 것이 우스워 그

리하였던지 밥은 먹지 못하고 다만 상에서 저만큼 떨어져 앉았다가 석유등잔에 불만 켜놓고서 다시 밥상으로 가까이 올 때,

"에그, 다리 아퍼. 저녁을 인제야 먹니?"

하며 마당으로 들어오는 이는 우리 동생 할머니시다. 손에는 남으로 만든 책보를 들고 발에는 구두를 신고 머리를 쪽찐 데는 은비녀를 꽂았다. 키가 작달막한데다 머리가 희끗희끗한데 검정치마가 땅에 거의거의 끌리게 된 것을 보니까 아마 오늘도 꽤 많이 돌아다니신 모양이다.

"어서 오십시오."

하며 들던 숟가락을 놓고 일어나시는 이는 우리 어머니시다.

"마님 오십니까?"

하고 짚세기를 신는 이는 할멈이다. 마루창이 뚫어져라 겅둥겅둥 뛰며,

"할머니, 할머니."

를 부르는 것은 나의 아우다. 나는 숟가락을 입에 문 채로 다만 빙그레 웃으면서 반가워하였다.

예수교 신자인 할머니의 신앙에 의구심을 품다

마루 끝에 할머니는 걸터앉으셨다. 할멈은 걸레로 마룻바닥을 훔치는 사이에 어머니는 부엌으로 내려가셨다. 그릇 소리가 덜거덕덜거덕 난다. 피곤한 가슴을 힘없이 내려앉히시며 한숨을 휘ー 하고 내쉬신 할머니는 무슨 걱정이나 있는 듯이 부엌을 향하며,

"고만두어라, 내 밥은. 아직 먹고 싶지 않다."

하신다. 어머니는 부엌에서 상을 차리시더니,

"왜 그러세요. 조금 잡숫지요."

"아니다, 저기서 먹었다. 오늘 교인 심방尋訪(방문하여 찾아봄)을 하느라고 이리저리 다니다가 명철의 집에를 갔더니 국수장국을 끓여 내서 한 그릇 먹었더니 아직까지도 배가 부르다."

어머니는 차리던 상을 그대로 놓고 부엌문에서 나오며,

"명철이 집이요? 그래 그 어머니가 편찮다더니 괜찮아요?"

"응, 인제는 다 낫더라. 그것도 하느님 은혜로 나은 것이지."

우리 할머니는 그 동네 교회 전도부인이다. 우리 집안은 본래 우리 할아버지와 우리 아버지 사이가 좋지 못하여 따로따로 떨어져 산다. 그리고 우리 할머니는 열심 있는 교인이요, 진실한 신자이지마는, 우리 아버지는 종교(현대사회에서 명칭하는)에 대하여 냉혹한 비평을 하는 사람이었다.

우리 할머니는 본래 교육이 있지 못하다. 있다 하면 구식 가정에서 유교의 전통을 받아오는 교육이었을 것이며, 안다 하면 한문이나 국문 몇 자를 짐작할 뿐이요, 새로운 사조와 근대사상이라는 옮기기도 어려운 문자가 있는지도 알지 못할 것이다.

그러나 나는 그 열두 살 되던 그해에는 다만 우리 할머니를 한 개 예수 믿는 여성으로 알았었으며, 하나님이 부리는 따님으로만 알았었다. 종교에 대한 견해라든지 신앙이란 여하한(어떠한) 것인지를 알지 못하였다.

나도 예수교 학교를 다니므로 자기의 선생을 절대로 신임하고 자기의 학교의 교풍을 절대로 존중하였었다. 그리고 예수의 십자가에 흘렸던 붉은 피가 참으로 우리 인생의 더러운 죄를 씻었으며 수염 많은 할

아버지 같은 하나님이 참으로 우리를 내려다보시고 계신 줄 알았었다.

날마다 아침 성경시간과 주일학교에서 선생에게 들은 바가 참으로 나의 눈앞에 환상으로 나타났었으며, 유대 풍속을 그린 성화가 과연 천당, 지옥, 성지, 낙토(괴로움이 없이 사는 낙원)의 전형으로 보이었었다. 그것이 나에게 어떻든 무슨 인상을 준 것은 사실이니, 천사를 생각할 때에는 반드시 서양여자를 그린 그 채색 칠한 그림이 나의 눈앞에 나타나 보이며, 예수가 십자가에 못 박혀 돌아간 것을 생각할 때에는 시뻘건 육괴肉塊(살덩어리)가 시안屍眼을 부릅뜨고 초민焦悶(속이 타도록 민망하게 여김)과 고통의 극도를 상징하는 그의 표정과 비린내 나고 차디찬 피가 흐르는 예수의 죽음이 만인의 입과 천년의 세월을 두고 성찬성찬하며 추앙 경모의 그 부르짖음의 소리가 그 어린 나의 귀와 나의 심안心眼에 닿을 때에도 그것은 고통으로 보이지 않았으며 초민으로 보이지 않았으며 비린내 나는 붉은 피 보혈寶血(예수가 십자가에 못 박혀 흘린 피를 뜻함)로 보이었으니, 무서운 시체를 그린 그 그림이 도리어 나의 어린 핏결 속에 무슨 신앙을 부어주었었다. 그때의 나의 기도는 하느님이 들었으며, 그때의 나의 죄는 예수가 씻었었다. 그것이 결코 지금의 나를 만족시키며 지금 나에게 과연 신앙을 부어주지는 않는다 하더라도 내가 열두 살 되는 그때의 나의 영혼은 있는지 없는지도 판단치 못하던 하느님이 지배하였었으며, 이천 년 옛날에 송장이 되어 썩어진 예수가 차지하였었다. 그때의 나의 영혼은 나의 영혼이 아니고 공명空名(사실이나 실제 이상으로 세상에 전해진 명성)의 하느님의 것이었으며, 그때의 나의 생은 나의 생이 아니며 촉루髑髏(해골)까지 없어진 예수의 생이었다. 그때의 나는 약자이었으며, 그때의 나는 피정복자이었다. 무궁한 우주와 조화를 잃은 자이었으며, 명명冥冥(아득하고 그윽함) 무한대한 대세계에 나의 생을 실현할 능력을 빼앗긴 자이었다.

명명한 대공大空(높고 넓은 하늘)을 바라볼 때에 유대식 건물의 천당을 동경하였을지라도 자아심상自我心床 위의 낙토는 몰랐으며 사후의 영생은 구하였을지라도 생하여서 영생을 알지 못하였다. 사死는 생生의 척도를 알지 못하고, 생이 도리어 사후의 희생으로 알았었다.

산상山上의 교훈과 포도동산의 교훈을 듣기는 들었으나 열두 살 먹은 나의 호기심을 끌기에 너무 현묘하였으며 애愛의 복음과 자아의 희생을 역설함을 듣기는 들었으나 나에게 과연 심각한 감화를 주지는 못하였었다. 성경의 해석은 일종 신화로 나의 귀에 들렸으나 그 무슨 신앙을 주었으며, 성화를 그린 종잇조각은 한 개 완구가 되었으나 빼기 어려운 우상을 나의 심전心殿에 그리어주었다.

아아, 나는 물으려 한다. 하느님의 사자로 자처하고 교회의 일꾼으로 자임하는 우리 할머니의 그때의 내면적이나 외면적을 불문하고 열두 살밖에 되지 않은 나의 그것과 얼마나 틀린 점이 있었으며 얼마나 나은 점이 있었을는지? 그는 과연 예수의 성훈을 날것대로 삼키는 자가 되지 않고, 조리하고 익히며 그의 완전한 미각으로 그것을 저작咀嚼(음식을 입에 넣어 씹음)할 줄을 알았을까? 그는 참으로 예수의 정신을, 그의 내적 생활을 체득한 자이었을까?

그는 과연 여하한 신앙으로써 생으로 생까지를 살아갔었으며 그는 참으로 어떠한 영감을 예수교에서 감득하였을까? 나는 다만 커다란 의문표를 안 그릴 수가 없다.

할머니는 돈을 빌려 예배당에 낸다

그날도 우리 할머니는 여자의 몸의 피곤함을 깨달으면서도 무슨 만족함이 그의 얼굴을 싸고도는 듯하였다. 그러나 한편으로는 자아 이외에 우리 어머니나 할멈이나 내나 나의 동생을 일개의 죄인시하는 곳에 가련함을 견디지 못하는 듯한 표정이 그의 시들어가는 입 가장자리와 가느다란 눈초리에 희미하게 얽히어 있었다. 할머니는 조금 있다가 눈살을 잠깐 찌푸리시더니,

"큰일났어! 예배당에 돈을 좀 가져가야 할 텐데 돈이 있어야지. 다른 사람과 달라서 아니 낼 수도 없고, 또 조금 내자니 우리 집을 그래도 남들이 밥술이나 먹는 줄 아는데 그렇게 할 수도 없고, 이런 말씀을 아버지께 여쭈면 공연히 역정만 내시니까!"

하며 우리 어머니에게 향하여 걱정을 꺼낸다.

"요사이 날이 점점 추워져서 시탄비柴炭費(땔나무 사는 데 드는 비용)를 내야 할 터인데 김부인은 벌써 5원을 적었단다. 그이는 정말 말이지 살어가기가 우리 집에다 대면 말할 것도 없지 않으냐. 그런데 아버지께 그런 말씀을 하니까 역정을 내시면서 남이 죽으면 따라 죽느냐고 야단을 치시면서 돈 1, 2원을 주시는구나. 그러니 애, 글쎄 생각을 해보아라. 어떻게 1원을 내니! 내 속이 상해 똑 죽겠어."

하며,

"그래서 하는 수가 있더냐, 명철이 집에 가서 돈 5원을 지금 꾸어가지고 오는 길이란다."

하며 차곡차곡 접어 쥔 1원 지폐 다섯 장을 펴보인다. 우리 어머니는

이렇다 저렇다 말이 없이 가만히 듣고만 있다가,

"그러면 그것은 어떻게 갚으십니까?"

하며 빈곤한 생활에 젖은 우리 어머니는 그 갚는 것이 첫째 문제로 그의 가슴을 거북하게 하였다.

"글쎄 그거야 어떻게든지 갚게 되겠지? 하다못해 전당을 잡혀서라도."

하더니,

"에그, 인제는 고만 가보아야지."

하며 벌떡 일어서서 나가려 하다가,

"애 아범은 여태까지 안 들어왔니?"

한마디를 남겨 놓고 바깥으로 나간다. 우리 어머니는 다만,

"네, 언제든지 그렇게 늦는답니다."

하며 걱정스러운 듯이 문 밖으로 할머니를 쫓아나간다.

우리 어머니는 아슬랑아슬랑 어둠 속으로 사라져 가는 우리 할머니의 뒤 그림자가 사라져 없어져 가는 것을 바라보고 서 있었다. 그리고 그 할머니의 검은 그림자가 다─ 사라진 뒤에도 여전히 그 할머니의 그림자가 사라져 없어진 곳에서 무엇을 찾는 듯이 바라보고 서 있다. 모든 것이 검기만 한 어두운 밤이다. 나도 나의 동생을 등에 업고 어머니를 쫓아 문밖에 서 있었다. 어머니는 소매 걷은 두 팔을 가슴에 팔짱을 지르고 허리를 꾸부정하고 서서 근심스러운 듯이 저쪽 길만 바라보고 서계시다.

고생살이에 다─ 썩은 얼굴은 웬일인지 나도 쳐다보기가 싫게 화기 和氣(온화한 기색)가 적다. 머리카락이 이마를 덮은 그의 두 눈은 공연히

처다보는 나를 울고 싶게 하였다. 때 묻은 행주치마와 다ー 떨어진 짚세기가 더욱 나를 부끄럽게 하였다.

어머니는 아버지를 기다리고 나는 단꿈에 빠진다

하얀 두루마기가 바라보는 어둠 속에서 희미하게 휘날릴 때마다 우리 어머니는 옆에 서 있는 나에게 나지막한 목소리로,

"아버진가보다."

하며 나에게 무슨 동의를 청하시는 것처럼 바라보신다. 그러나 그 흰 두루마기가 우리 집으로 향하지 않고 다른 곳으로 지나쳐 버릴 때는 우리 어머니와 나는 섭섭한 웃음을 웃었다.

문간에 서서 아무 말 없이 늦게 돌아오시는 우리 아버지를 기다리는 우리는 한 시간이 넘도록 서있었다. 나의 어린 아우는 등에다 고개를 대고 코를 골며 잔다. 이마를 나의 등에다 대고 허리를 새우등같이 꾸부리고 자다가는 옆으로 떨어질 듯하면 반드시 한 번씩 놀란다. 놀랄 그때 나는 깍지 낀 손을 다시 단단히 쥐고 주춤하고 한 번씩 다시 추키었다. 한 시간을 기다려도 아버지는 돌아오시지 않았다. 어머니는 힘없고 낙망한 소리로,

"문 닫고 들어가자!"

하시며,

"에그, 어린애가 자는구나. 갖다 뉘어라."

하시며 대문을 덜컥 닫고 들어오신다. 문 닫는 소리가 어쩐지 쓸쓸하고 적적하다. 우리 집 공중을 싸고도는 공기의 파동은 연색鉛色(납빛)

의 파문을 그리는 듯이 동적이 아니며 정적이었으며, 양기가 없고 음기뿐이었다. 회색 칠한 침묵과 갈색의 암흑이 이 귀퉁이 저 귀퉁이에서 요사한 선무를 추고 있었다.

나는 그때에 무엇을 감각하였으며 무엇을 감득하였을까? 회색 침묵과 아득한 암흑이 조화를 잃고 선율이 없이 때 없는 쓸쓸한 바람과 섞이어 시름없이 우리 집 전체의 으스스한 공기를 휩싸고 돌아나갈 때 나의 감정을 푸른 감상과 서늘한 감정으로 물들여주었었다. 마루 끝까지 올라선 나의 눈에 비친 찬장이나 뒤주나 그 외의 모든 기구가 여러 가지 요마妖魔의 화물化物같이 보일 때에 나의 가슴은 더욱 서늘하여졌다. 다만 나무 잎사귀가 나무 끝에서 바스락 하는 것일지라도 나를 방 안으로 뛰어 들어가도록 무서웁게 하였다. 어머니가 등잔불을 떼어 들고 나의 뒤를 쫓아 들어오실 때에 그 불에 비친 나의 어두운 그림자가 저쪽 담벼락에서 어른어른하는 것까지 나의 머리끝을 으쓱하게 하였다.

그러나 그 정숙과 공포가 얽힌 나의 심정을 풀어주고 녹여주는 것은 나의 뒤에 서있는 애愛의 신 같은 우리 어머니의 부드러운 사랑의 힘이었다. 그것은 나의 신앙의 전부였으며 나의 앞길을 무한한 저 앞길로 인도하는 구리기둥이었다. 베드로가 예수를 보고 갈릴리 바다로 걸어감과 같이 이 세상 모든 것을 초월케 하는 최대의 노력이었다. 등잔불의 기름이었으며 쇠북을 두드리는 방망이였다.

방으로 들어온 나는 아랫목에 자리를 펴고 누워서 복습을 하였다. 본래 공부를 하지 않는 나는 내일에 선생에게 꾸지람이나 듣지 않으려고 산술 숙제 두어 문제를 하는 척하여 다른 종이에 옮기어 베끼고 쓰기 싫은 습자는 내일 아침 일찍 일어나 쓰기로 하였다. 나의 동생은 발길로 나의 허리를 지르면서 이리 뒤척 저리 뒤척 이리 뒤굴 저리 뒤굴, 남의 덮은 이불을 함부로 끌어다가 저도 덮지 않고서 발치에다 밀어 던진다. 그리고는 힘 있는 콧김을 길게 내쉬며 곤하게 잔다. 우리 어머니는 등잔 밑에서 바느질을 하시며 눈만 깜박깜박하신다. 할멈은 발치에서 고단한 눈을 잠깐 붙이었다.

나는 방 안이라는 조그마한 세계에서 네 개의 동물이 제각각 다른 상태로 생을 계속하는 가운데 남의 걱정과 남의 근심을 알 줄을 몰랐었다. 우리 어머니의 머릿속에는 과연 어떠한 심리상태의 활동사진이 그의 뇌막에 비치었으며, 늙은 할멈은 어떠한 몽중세계에서 고생살이 잠꼬대를 하는지 알지 못하였다. 어린 아우의 단순한 머릿속에도 무서운 호랑이와 동리집 아이의 부러운 장난감을 꿈꾸는 줄은 알지 못하였다. 따뜻한 이불 속에서 두 발을 문지르며 편안히 누웠으니 몇 십분 전 가득하던 감정이 이제는 어디로인지 다─ 달아나고 모든 것이 한가하고 모든 것이 평화롭고 모든 것이 노곤한 감몽甘夢(단꿈)을 유인하는 것뿐이었다. 인제는 어느 틈에 올는지 알지 못하는 달콤한 잠을 기다릴 뿐이었다. 불그레한 등불 밑에 앉아서 바느질하시는 어머니의 머릿속에 있는 늦게 돌아오시는 아버지를 기다리시는 초민과 지나간 일을 시간의 얽히었다 풀리었다 하는 기억과 연상과 기대와 동경의 엉클어진 심리는 알지 못하고 다만 재미있는지 기쁜지 으레 그래야 할 것인지 알지 못하는 무의식의 연장선이 나의 전신을 거미줄 얽듯 얽기를 시작하더니 나는 아무것도 몰랐다. 잠이 들었다.

할머니의 예배당 문제로 인해 부모님은 부부싸움을 한다

어느 때가 되었는지 알지 못하게 든 잠이 마려운 오줌으로 인하여 어렴풋하게 깨었을 때이었다. 이불을 들치고 엉거주춤 일어선 나의 귀에는 지껄지껄하는 사람의 목소리가 들리더니 등잔불에 부신 두 눈 사이로 우리 아버지의 희미한 윤곽이 보였다. 나는 반가운 마음에,

"아버지!"

하였다. 그러나 우리 아버지는 젓가락으로 앞에 놓여 있는 반찬을 뒤적뒤적하시면서 나를 냉담한 눈으로 멀거니 쳐다보시기만 하시더니 무슨 불만스런 점이 계신지 노여운 어조로,

"아버진 뭐든지 다 귀찮다. 어서 잠이나 자거라."

하시고는 다시 본 척 만 척 하시고 반찬 한 젓가락을 입에다 넣으신다. 나는 얼굴이 홧홧도록 무참하였다. 나는 죄지은 사람같이 양심에 무슨 부끄러움이 나의 아버지를 쳐다보지 못하게 하였다. 숙몽熟夢에 취하였던 나의 혼몽한 정신은 한꺼번에 깨어지며 뻣뻣하던 두 눈은 기름을 부은 듯이 또렷또렷하여졌다. 그때야 나는 우리 아버지의 붉은 얼굴을 보고 술 취하신 줄을 알았다.

어머니는 무참해하고 무서워하는 나의 꼴을 보시고 아버지를 흘겨 쳐다보시며,

"어린 자식이 반가워하는 것을 그렇게 말을 하니 좀 무참해하겠소. 어린애들이라 하더라도 좋은 말할 적은 한 번도 없지."

하시다가 다시 나를 향하시어 혼잣말 비슷하고 또는 누구더러 들어보란 듯이,

"너희들만 불쌍하니라. 아버지라고 믿었다가는 좋지 못한 꼴만 볼 터이니까."

하시며 두 눈을 아래로 깔고 방바닥을 걸레로 훔치시는 체하신다.

나는 드러눕지도 못하고 일어나지도 못하였다. 드러눕자니 아버지 진지 잡숫는 데 불경不敬(무례함)이 될 터이요, 그대로 앉아있자니 자다 가 일어난 몸이 추운 가운데 공연히 무서워서 몸이 떨린다. 이런 때에 는 나의 어머니가 변호인이요, 비호庇護(편을 들어 감쌈)자임을 다소간의 지낸 경험으로 알고 또는 사람의 본능으로 모성의 자애를 신임하는 나는 우리 어머니의 얼굴만 쳐다보았다. 그때 마침 어머니는,

"어서 누워 자거라. 아버지 진지도 거의 다 잡수셨으니."

하셨다. 나의 마음은 얼었던 것이 녹는 듯이 아주 좋았다. 나는 못 이 기는 체하고 곁눈으로 아버지의 눈치만 보며 이불자락을 들었다. 그 리고는 눈 딱 감고 이불을 귀까지 푹 덮고 그대로 드러누웠다. 그러나 잠은 어디로 달아나버렸는지 오지 않는 잠을 억지로 자는 척하지마는 마음은 조마조마하여 못 견딜 지경이었다.

아버지는 숟가락을 탁 집어 상 위에 내던지시며,

"엥, 내가 없어야 해. 없어야 해."

를 두서너 번 중얼거리시더니,

"그래 자기 자식은 굶든지 죽든지 상관하지를 않고, 예배당인지 무 엇인지 거기에다간 빚을 얻어다가 주어야 해?"

하시며 옆으로 물러앉으시니까, 어머니는,

"누가 알우? 왜 그런 화풀이는 내게다가 하우."

하시는 소리가 떨어지기도 전에,

"무엇, 흥, 기가 막혀. 그래 예수가 무엇이고 십자가가 무엇이야. 예배당에 다니네 하고 구두만 신고 다니면 제일인가? 왜 구두를 신어! 그 머리가 허연 이가 구두짝을 신고 돌아다니는 꼴이라니. 활동사진 박을 만하지. 예수가 무슨 말을 하였는지 알기들이나 한다나? 그 사생아를 하나님의 아들이라고? 그러나 예수가 나쁜 사람은 아니지. 좋은 사람이지. 참 성인은 성인이야! 그렇지만 소위 예수 믿는 사람들이 예수라는 그 사람을 믿었지, 예수가 부르짖은 그 하나님은 믿지 못하였어! 하나님은 이 세상 아니 계신 곳이 없지! 누구에게든지 하나님은 계신 것이야! 다 각각 자기 마음속에 하나님이 계신 것이야! 여편네들이 무엇을 알아야지. 내가 이렇게 떠들면 술 먹고 술주정으로만 알렷다! 흥, 우이독경이야! 기막히지! 여보, 무엇을 알우? 그런 늙은이가 무엇을 알어. 그래 신앙이 무엇인지 참종교가 무엇인지를 알어? 예수, 예수 하고 아주 기도를 하고! 그것은 다 약자의 짓이야. 사람은 강자가 되어야 해!"

우리 어머니는 듣고만 계시다가,

"듣기 싫소. 웬 잔말이오! 그런 말을 하려거든 어머니나 아버지한테 가서 하구려."

하시며 상을 들고 나가려고 하시니까, 아버지는,

"무엇이야, 듣기 싫다구?"

하시더니 어머니의 치마를 홱 잡아당기시는 김에 치마가 북 하고 찢어졌다. 어머니는 상을 할멈에게 주고 찢어진 치마를 들여다보시며 얼굴이 빨개지신다. 여자인 어머니는 의복의 파손이 얼마큼 아까운지 모르시는 모양이다. 치마폭이 찢어지는 그 예리한 소리와 함께 우리 어머니의 신경은 뾰족한 바늘 끝으로 쪽 내리 베는 것 같이 날카로웁고 쓰린 자극을 받으신 모양이다.

"이게 무슨 짓이오. 여편네 옷을 찢지 못하면 말을 못하오? 그래 무슨 말이오. 어디 말을 좀 해보우. 어쩌자고 이러시우. 날마다 늦게 술이나 취하여 가지고 만만한 여편네만 못살게 구니 참으로 사람 죽겠구려! 무슨 말이오! 할 말 있거든 어서 하시오!"

흥분된 어조를 조금 높이신 까닭에 높은 음성은 또 우리 아버지를 흥분시키는 동시에 노여웁게 하였다.

"말을 하라구? 흥, 남편 된 사람이 옷을 좀 찢었기로 무엇이 어쩌고 어째?"

"글쎄 내가 무엇이라고 했소. 내가 무슨 죄요. 참으로 허구한 날 사람이 살 수가 없구려."

"듣기 싫어. 여편네들이 무엇을 알아야지. 남편의 심리를 몰라주는 여편네가 무슨 일이 있어서. 다— 고만두어. 나는 우리 아버지에게 내버림을 당한 사람이고 세상에서 구박을 당한 사람이니까…… 에…… 후……."

우리 아버지는 이렇게 떠드시다가 다시 한참 가만히 앉아 계시더니 벌떡 일어나시며,

"엥! 가만있거라. 참말 그대로 있을 수는 없어! 내가 가서 설교를 좀 해야지. 내가 목사 노릇을 좀 해야 해."

하고 모자를 쓰고 벌떡 일어나시며 문 밖으로 나가시려 하니까 어머니는 또다시 목소리를 고치시어 부드럽고 애원하는 중에도 조금 노염을 띠우신 어조로,

"여보, 제발 좀 고만두. 글쎄 이게 무슨 짓이오. 이 밤중에 가기는 어디로 가며, 가서서 어떻게 하실 모양이오. 자! 고만 옷 좀 벗고 드러 눕구려."

아버지는 듣지도 않고 방문을 홱 열어 젖뜨리셨다. 고요한 저녁 공기가 훈훈한 방 안으로 훅 불어 들어오며 드러누워 있는 나의 온몸을 선뜩하게 하더니 석유등잔의 불이 두서너 번 뻔득뻔득한다.

어머니는 아버지의 팔을 붙잡으시었다. 웅크리고 마루에 앉아 있던 할멈은 황망하여 하지도 않고, 여러 번 경험한 그의 침착한 태도로 두 팔을 벌리고 다만 이리 왔다 저리 왔다 하면서 동정만 살피고 있다.

어머니는 떨리는 목소리로,

"글쎄 남부끄럽지도 않소. 어서 들어갑시다. 가기는 어디로 가우. 남이 알면 글쎄 무슨 꼴이우."

하는 말을 듣지도 않으시고 우리 아버지는 어머니의 팔을 홱 뿌리치 셨다. 어머니는 에크 소리를 지르시며 방문 밖에서 방 안으로 넘어지 시며 한참이나 아무 말 없이 엎드려 계신다.

"남부끄럽다? 남부끄럼을 당하는 것보다도 자기 양심에 부끄러운 짓을 하는 것이 더욱 부끄러운 짓이야."

하시고, 술 취하신 얼굴에 분기를 띠시고 또 한옆으로는 엎어져 일어 나지도 못하시는 어머니를 다소간 가엾음과 미안한 마음이 생기시나 위신상 어찌하시지 못하는 어색한 얼굴을 돌이켜보지도 않으시고 문 바깥으로 나가신다.

나가시는 규칙 없는 발걸음 소리가 대문이 닫히는 소리와 함께 사 라졌다.

할멈은 어머니를 붙잡아 일으키시며,

"다치지 않으셨어요?"

하며 어머니가 애처로워 보이기도 하고 또는 아버지의 술주정이 귀찮기도 하여서 상을 찌푸려 어머니를 들여다보시며 물어본다.

나도 그때야 이불을 벗고 일어나서 어머니를 보았다. 어머니는 일어나 앉으시기는 일어나 앉았으나 아무 말이 없으시다.

철모르는 나의 아우는 말라붙은 코딱지를 떼며 주먹으로 비비면서 힘없는 손가락을 꼼질꼼질하며 자고 있다. 나는 다만 어머니의 동정을 살피고 있었을 뿐이었다. 몇 분 동안은 아주 고요 정숙하여졌다. 폭풍우가 지나간 바다의 물결 같은 공기가 온 방안을 채우고 자는 듯이 고요하다.

그때에 나는 어머니의 머리카락이 덮인 두 눈을 바라보았다. 두 눈에는 불에 비쳐 반짝거리는 눈물방울이 방울방울 떨어지고 있었다. 이것을 본 나의 전신의 뜨거운 피는 바늘 끝으로 찌르는 듯이 파랗게 식는 듯하였다. 나의 마음은 어머니의 눈물에서 그 무슨 비애의 전염을 받은 듯이 극도로 쓰렸었다. 나는 그대로 어머니의 얼굴을 쳐다볼 수가 없어 이불을 뒤집어쓰고 어머니와 함께 눈물 흘려 울었다.

할멈은 화젓가락(화로에 꽂아두고 쓰는 쇠젓가락)만 만지고 있는지 달가닥달가닥하는 소리가 들릴 뿐이다. 그리고 어머니의 떨리는 숨소리와 코 마시는 소리가 이불을 뒤집어쓴 나의 귀 위에서 연민과 비애의 정을 속삭거려 주었다.

어머니는 한참이나 우시더니 코를 요강에 푸시고 이불을 다시 붙잡아 나와 나의 동생을 다시 덮어주시었다. 그리고 한 손으로 나의 발치와 나의 가장자리를 어루만지실 때 간지러운 자애의 정이 부드러운 명주옷같이 나의 어린 가슴을 따뜻하게 해주었다.

어머니와 함께 외가댁으로 가는 길은 평화롭다

이튿날 아침, 우리 어머니는 나의 동생의 손을 잡고 나와 함께 우리 외가로 향하여 떠나갔다. 물론 아침도 먹지 않고 늦도록 주무시는 아버지의 아침밥은 할멈에게 부탁이나 하셨는지 으레 알아서 할 할멈에게 집안일을 맡기시고 5리 남짓한 외가로 갔다.

가는 길에 나는 매우 기뻤었다. 무엇 하러 가시는지도 모른다. 어머니의 심정은 알지도 못하고 귀여워하시는 할머니를 만나러 간다는 것만 좋아서 앞장을 섰다.

그때의 어머니는 하소연할 곳을 찾아가시는 것이었을 것이다. 팔자의 애소哀訴(슬프게 하소연함)를 자기의 친부모에게 하러 가시는 것이었을 것이다. 일생을 의탁한 우리 아버지를 사랑하지 않는 것이 아니며 못 믿는 것이 아니지마는, 발 아래 엎드려 몸부림할 만치 자기의 울분과 자기의 비애를 호소할 곳을 찾아 지금 우리 어머니는 우리 외가로 가시는 것이다.

그때 그에게는 자기의 부모가 유일한 하나님이며 위안자이었다. 약한 심정을 붙일 만한 신앙을 갖지 못한 우리 어머니는 자애의 나라로 달음박질하면 거기에 자기를 위로하여 주고 자기의 애소의 기도를 들어줄 아버지 어머니가 계실 것을 믿음이었었다. 명명한 대공과 막막한 척애隻愛(짝사랑) 저편에 위안慰安 나라를 건설치 못하고, 작은 가슴

속과 보이지 않는 심상 위에 천당과 낙원을 짓지 못한 우리 어머니는 다만 자애의 동산을 찾아가시었다.

걸어가시는 어머니의 얼굴에는 어제 저녁의 울분을 참지 못하시는 푸른 표정과 어머니나 아버지에게 팔자 한탄을 푸념하리라는 굳은 결심의 빛이 보였었다.

가게 앞을 지나고 개천을 건너고 사람과 길을 피하고 돌멩이가 발 끝에 채일 때에도 우리 어머니의 머릿속에는 그것뿐이었을 것이다.

그러나 우리 어머니의 머리는 그렇게 단순한 것이 아니었다. 나 어린 어린아이의 그 마음을 갖지는 않았었다. 우리를 볼 때 우리 아버지를 생각하며, 부모의 자애를 생각할 때에도 자기의 충심에서 발동하는 애모의 정을 깨달았다.

그는 자기의 남편을 사랑하는 동시에 자기의 부모를 사랑하였다. 그는 자기 남편의 불명예를 자기 부모에게 하소연하는 것을 아까 집 대문을 나설 때까지는 결심하였을는지는 알지 못하겠으나, 반이나 넘어 가까이 자기 부모의 집을 왔을 때에 그것을 부끄럽게 하는 정이 나오는 동시에 또한 그 불명예로운 소리를 발하는 아내 된 자기의 불명예로움을 알았다. 그리고 자기 남편의 불명예를 은폐하려는 동시에 자기 부모의 심로心勞(마음의 수고)를 생각하였다. 자애를 부어주는 자기 부모에게 자기의 울분을 애소하는 것이 자기에게는 좋은 것이나 자기 부모의 마음을 조심되게 함을 깨달았다.

나의 동생은 아슬렁아슬렁 걸어가면서 무어라고 감흥에 띤 이야기를 중얼거리면서 걸어간다.

어머니는 외가에 거의 다 왔었을 때에 나에게 은근한 목소리로,

"너 할머니나 할아버지께 어제 저녁에 아버지가 술 먹고 야단했다
는 말은 하지 말어라."
하시며 무슨 응답이나 들으시려는 듯이 나를 들여다보신다. 나는,
"예."
하였다. 그 '예' 소리가 나의 입에서 떨어지면서 무슨 해결치 못할 문
제가 다 풀린 듯한 감이 생기며, 집에서 나올 때부터 무슨 불행스럽고
불안하던 마음이 다시 화평하여졌다.

■ 이야기 따라잡기

열두 살 어느 가을날, 어머니와 나, 동생, 할멈과 함께 식사를 하고 있는데 할머니가 오셨다. 할머니는 교회에 누구보다 열심이다. 할머니는 교회에 바칠 돈을 얻기 위해 할아버지에게 돈을 요구했는데 할아버지께서 적은 돈을 주시자 이웃집에서 돈을 빌려 가지고 왔다.

어머니와 함께 아버지를 기다리다 잠이 든 나는 요기에 잠에서 깬다. 아버지가 어머니와 할머니의 신앙 문제로 다투다가 어머니와의 말다툼 중에 어머니의 치마를 찢게 되고 어머니와 아버지는 더 심하게 다투게 된다. 화가 난 아버지는 설교를 하러 간다며 나가버린다.

이튿날 나는 어머니와 동생과 함께 외갓집에 가게 된다. 가는 길에 어머니는 아버지와의 일을 외가에 이야기하지 말라고 당부하고 나는 그렇게 하겠다고 대답한다. 어머니와 동생과 함께 외가로 가는 나는 평화를 느낀다.

옛날 꿈은 창백하더이다   91

쉽게 읽고 이해하기

맹목적 신앙으로 인한 가정불화 이 소설은 가난한 삶을 살고 있는 아버지와 빚을 내서라도 교회에 돈을 내야 하는 할머니의 갈등으로 인해 일어나는 가정불화와 그로 인해 열두 살 어린 화자가 느끼게 되는 우울과 비애를 그리고 있다. 할머니의 맹목적 신앙에 대한 아버지의 불만, 그리고 그것을 어머니에게 토로하는 과정에서 생긴 아버지의 폭력을 지켜보는 어린 화자는 두려움과 공포를 느낀다. 아버지의 귀가는 아이들에게 즐거움과 희망이어야 하지만 화자에겐 오히려 두려움과 공포인 것이다.

예수교 학교에 다니는 열두 살 된 나는 자기의 선생을 절대로 신임하고 학교의 교풍을 존중하지만 할머니의 신앙에 대해서는 비판적 태도를 취한다. 교회 전도 부인인 할머니는 예배당에 시탄비 명목으로 낼 돈 5원을 빌려온다. 교육을 제대로 받지 못한 할머니는 현실생활의 어려움 따위는 생각지도 않은 채 교회에 낼 돈을 주지 않은 할아버지를 원망한다. 따라서 예수교 학교를 다니고 있는 나에게도 그런 할머니의 맹목적 신앙은 부정적으로 인식될 수밖에 없다.

이러한 가정불화는 어머니와 할머니의 대조적인 모습에서도 드러난다. 때묻은 행주치마와 다 떨어진 짚세기를 신고 있는 어머니와는 대조적으로 할머니는 구두를 신고 다닌다. 또한 생활에 찌들은 어머니는 할머니가 빌린 돈을 갚을 걱정을 하지만 할머니는 그런 문제에 대해서는 생각지 않고 돈을 어떻게 많이 낼지를 고민한다. 집안일로 바쁜 어머니와는 달리 할머니는 교회 일로 바쁘게 돌아다니신다.

이러한 모습에서 화자는 할머니보다 어머니에게 오히려 위안을 얻는다. 초라하고 지친 모습의 어머니이지만 화자에게는 오히려 "신앙의 전부"요, 자신을 인도하는 "구리기둥" 같은 존재인 것이다. 즉 화자는 할머니의 맹목적 신앙으로 생긴 가정불화, 그로 인한 공포와 불안을 가난하지만 인내하며 살아가는 전통적인 어머니를 통해 극복하고 있는 것이다.

가족사에 대한 자전적 소설   의사인 아버지와 가정적인 어머니 사이에서 태어난 나도향은 부족함이 없이 자랐다. 그러나 그의 수기를 보면 그다지 행복했던 삶은 아닌 것 같다.

> "아버지의 엄훈과 어머니의 자애가 너의 몸을 반죽하고 주물러서 완전한 힘 없는 감정의 소유자가 될 수 있다. 너에게 무슨 비애와 너에게 무슨 눈물과 너에게 무슨 우울과 너에게 무슨 고통이 있겠느냐고 이 세상에 모든 사람은 세상에 부딪지 못한 것을 반쯤 조소하듯이 너를 부러워한다."

이 소설에서도 드러나듯이 아버지에 대한 공포는 엄한 훈계에서 비롯된 것임을 알 수 있다. 다정한 아버지가 아니라 가부장적이고 엄격한 아버지의 모습은 소설에 그대로 반영되어 있다. 반면 따뜻한 어머니의 사랑을 느끼며 아버지에 대한 공포를 극복하는 것 역시 나도향의 자전적 경험에서 비롯된 것임을 알 수 있다. 그러나 부족함 없는 가정환경에도 불구하고 나도향은 아버지의 엄격한 지시에 의해 비애, 우울 등을 느끼게 되는 것이다. 이러한 모습은 아마도 일본에 건너가 문학을 공부하려고 했지만 집안의 반대에 부딪쳐 결국 포기하고 말아야 했던, 꿈의 좌절에서 비롯된 비애와 우울도 포함되어 있지 않을까.

"그는 자기 정조를 팔아서 자기의 죄를 면할 수 있음을 알았다."

뽕

「뽕」(《개벽》, 1925. 12)은 자신의 미모를 이용해 돈을 버는 아내와 이를 묵인하며 돈을 얻으려는 노름꾼 남편, 그리고 자신의 힘을 이용해 정절을 빼앗으려는 머슴의 이야기를 다룬 단편소설이다.

안협집

김삼보의 아내. 뛰어난 미모를 가지고 있으나 돈을 중시해 부유한
사람에게 정조를 판다.

김삼보

아편쟁이 노름꾼. 노름돈만 생기는 일이라면 아내의 부정도 눈감아
준다.

삼돌이

뒷집 머슴. 힘이 센 난봉꾼으로 안협집을 겁탈하려고 하지만 잘 안
되자 안협집의 문란한 생활을 김삼보에게 말한다.

뽕

1
삼돌이는 안협집의 약점을 잡고 즐거워한다

안협집이 부엌으로 물을 길어 가지고 들어오매 쇠죽을 쑤던 삼돌이란 머슴이 부지깽이로 불을 헤치면서,

"어젯밤에는 어디 갔었습던교?"

하며, 불밤송이 같은 머리에 왜수건을 질끈 동여 뒤통수에 슬쩍 질러 맨 머리를 번쩍 들어 안협집을 훑어본다.

"남 어데 가고 안 가고, 님자가 알아 무엇할 게요?"

안협집은 별 꼴사나운 소리를 듣는다는 듯이 암상스러운(남을 시기하고 샘을 잘 내는 데가 있는) 눈을 흘겨보며 톡 쏴버린다.

조금이라도 염량炎凉(선악과 시비를 분별하는 슬기)이 있는 사람 같으면 얼굴빛이라도 변하였을 것 같으나 본시 계집의 궁둥이라면 염치없이

추근추근 쫓아다니며 음흉한 술책을 부리는 30이나 가까이 된 노총각 삼돌이는 도리어 비웃는 듯한 웃음을 웃으면서,

"그리 성낼 게야 무엇 있습나? 어젯밤 안쥔 심바람으로 님자 집을 갔었으니깐두루 말이지."

하고 털 벗은 송충이 모양으로 군데군데 꺼칫꺼칫하게 난 수염을 숯검정 묻은 손가락으로 두어 번 쓰다듬었다.

"어젯밤에도 김참봉 아들네 사랑방에서 자고 왔습네그려."

삼돌이는 싱긋 웃는 가운데에도 남의 약점을 쥔 비겁한 즐거움이 나타났다.

"무엇이 어쩌고 어째, 이 망나니 같은 놈……."

하는 말이 입 바깥까지 나왔던 안협집은 꿀꺽 다시 집어삼키면서,

"남 어데 가 자든 말든 상관할 것이 무엇인고!"

하며, 물동이를 이고서 다시 나가려 하니까,

"흥! 두고 보소. 가만있을 줄 알았다가는……."

"듣기 싫어! 별 꼬락서니를 다 보겠네."

2
김삼보는 집 밖으로 돌아다니며 노름을 한다

강원도 철원 용담龍潭이라는 곳에 김삼보金三甫라는 자가 있으니, 나이는 35, 6세나 되었고, 키는 작달막하여 목은 다가붙고 얼굴빛은 노르게하며 언제든지 가죽창 박은 미투리에 대갈편자를 박아 신고 걸음을 걸을 적마다 엉덩이를 내저으므로 동리에서는 그를 '땅딸보 김삼

보', '아편쟁이 김삼보', '오리궁둥이 김삼보'라고 부르는데, 한 달에 자기 집에 붙어 있는 날이 이틀이라면 꽤 오래 있는 셈이요, 하루라면 예사다.

그리고는 언제든지 나돌아다니므로 몇 해 전까지도 잘 알지 못하였으나 차차 동리서 소문이 돌기를 '노름꾼 김삼보'라는 말이 퍼졌는데, 알아본즉 딴은 강원도, 황해도, 평안도 접경을 넘어다니며 골패骨牌(노름의 일종), 투전으로 먹고 지내는 것이 알려지게 되었다.

안협집은 빼어난 미모를 이용해 돈을 번다

그 노름꾼 김삼보의 여편네가 아까 말하던 안협집이니, 안협安峽은 즉 강원, 평안, 황해, 삼도 품에 있는 고읍(고을)의 이름이다.

그 안협집을 김삼보가 얻어 오기는 지금으로부터 5년 전, 안협집이 스물한 살 되던 해인데, 어떻게 해서 얻었는지 자세히는 알지 못하나 사람들의 말을 들으면 술 파는 것을 눈을 맞추어서 얻었다고 하기도 하고, 계집이 김삼보에게 반해서 따라왔다기도 하고, 또는 그런 것 저런 것도 아니라 계집의 전남편과 노름을 해서 빼앗았다고도 하는데, 위인된 품으로 보아서 맨 나중 말이 가장 유력할 것 같다고 동리 사람들이 말을 한다.

처음에 안협집이 동리에 오자 그 동리 그 또래 계집들은 모두 석경石鏡(거울)을 들여다보게 되었다. 안협집이 비록 몸은 그리 귀하게 태어나지 못하였으나 인물이 남달리 고운 점이 있어, 동리 젊은것들이 암연(어렴풋하고 애매한 모양)히 부러워도 하고 질투도 하게 되고 또는 석경 속에 비친 자기네들의 어여쁘지 못한 얼굴을 쥐어뜯고 싶기도 하였으니, 지금까지 '나만 한 얼굴이면' 하는 자만심이 있던 젊은 계집들에게 가엾게도 자가결함自家缺陷(자신의 결함, 부족함)이 폭로되는 환멸을 느끼게 하기까지도 하였다. 그러나 촌구석에서 아무렇게나 자란데다가 먼저 안 것이 돈이었다.

"돈만 있으면 서방도 있고 먹을 것, 입을 것이 다 있지."
하는 굳은 신조는 자기 목숨을 내어놓고는 무엇이든지 제공하여 부끄러운 것이 없었다.

15, 6살 적, 참외 한 개에 원두막 속에서 총각 녀석들에게 정조를 빌린 것이나, 벼 몇 섬, 돈 몇 원, 저고릿감 한 벌에 그것을 빌리는 것이 분량과 방법이 조금 높아졌을 뿐이요 그 관념은 동일하였다.

그리하여 이곳으로 온 뒤에도 동리에서 돈푼이나 있고 얌전한 젊은 사람은 거의 다 한 번씩은 후려내었으니 그것은 남자 편에서 실없는 짓 좋아하는 이에게 먼저 죄가 있다 하는 것보다도 이쪽 안협집에게 그 책임이 더 있다고 할 수 있고, 또 그것보다 더 큰 죄는 그 남편 되는 노름꾼 김삼보에게 있다고 할 수가 있으니, 그것은 남편 노름꾼이 한 달에 한 번을 올까말까 하면서도 올 적에는 빈손을 들고 오는 때가 많으니 젊은 계집 혼자 지낼 수가 없으매 자연히 이집 저집 동리로 다니며 품방아도 찧어주고 김도 매주고 진일도 하여주며 얻어먹다가, 한 번은 어떤 집 서방님에게 실 없는 짓을 당하고 나니 쌀 말과 피륙 두 필을 받아보니 그것처럼 좋은 벌이가 없어 차츰차츰 이번에는 자기가 스스로 벌이를 시작하여 마치 장사하는 사람이 거래 단골을 트듯이, 이 사람 저 사람을 집어먹기 시작하더니, 그것도 차차 눈이 높아지니까 웬만한 목도꾼(석재나 무거운 물건을 나르는 일꾼) 패장이나 장돌림(장을 돌아다니면서 물건을 파는 사람), 조금 올라서서 순사 나리쯤은 눈으로 거들떠보지도 않게 되고, 적어도 그곳에서는 돈푼도 상당하고 여간해서 손아귀에 들지 않는다는 자들을 얼러 보기 시작하게 되었던 것이다.

그 후부터는 일하지 않고 지내며 모양내고 거드름부리고 다니는데, 자기 남편이 오면은,

"이번에는 얼마나 땄습노?"

하고 포르께한(약간 파란) 눈을 사르르 내리뜬다.

"딴 게 뭔가, 밑천까지 올렸네."

삼보는 목 뒤를 쓰다듬으며 입맛을 다신다. 그러면 안협집은 전에 없던 바가지를 긁으며,

"불알 두 쪽을 달구서 그래 계집만두 못하다는 말요?"

하고서, 할 말 못할 말을 불어서 풀을 잔뜩 죽여놓은 뒤에는, 혹시 서방이 알면 경이 내릴까 하여 노자랑 밑천 푼을 주어서 배송을 낸다(쫓아낸다). 그러면 울며 겨자 먹기로 삼보는 혼자 한숨을 쉬면서,

"허허, 실상 지금 세상에는 섣부른 불알보다는 계집 편이 훨씬 나니라."

하고 봇짐을 짊어지고 가버린다.

3
삼돌이는 안협집에게 추근거리지만 안협집은 관심이 없다

이렇게 2, 3년을 지내고 난 어떤 가을에 삼돌이란 놈이 그 뒷집 머

습으로 왔는데, 놈이 어느 곳에서 어떻게 빌어먹던 놈인지는 모르나 논맬 때 콧소리나마 아리랑타령 마디나 똑똑히 하고 술잔이나 먹을 줄 알며, 동료들 가운데 나서면 제법 구변이나 있는 듯이 떠들어 젖히는 것이 그럴 듯하고, 게다가 힘이 세어서 송아지 한 마리 옆에 끼고 개천 뛰기는 밥 먹듯 하는 까닭에 동리에서는 호랑이 삼돌이로 이름이 높다.

놈이 음침하여, 오던 때부터 동리 계집으로 반반한 것은 남모르게 모두 건드려 보았으나 안협집 하나가 내내 말을 듣지 않으므로 추근 추근 귀찮게 구는데, 마침 여름이 되어 자기 집 주인 마누라가 누에를 놓고 혼자는 힘이 드니까 안협집을 불러서 같이 누에를 길러 실을 낳거든 반분半分하자는 약속을 한 후 여름내 같이 누에를 치게 된 것을 알고 어떤 틈 기회만 기다리며,

'흥, 계집년이 배때가 벗어서 말쑥한 서방님만 어르더라. 어디 두고 보자. 너도 꽥소리 못하고 한 번 당해야 할 걸! 건방진 년!'
하고는 술잔이나 취하면 주먹을 들었다 놓았다 한다.

그러나 주인 마누라가 치는 누에가 거의 오르게 되자 뽕이 떨어졌다. 자기 집 울타리에 심은 뽕은 어림도 없이 다 따다 먹이었고, 그 후에는 삼돌이란 놈을 시켜서 날마다 10리나 되는 건넛말 일갓집 뽕을 얻어다 먹이었으나 그것도 이제는 발가숭이가 되게 되었다. 인제는 뽕을 사다 먹이는 수밖에 없게 되었다. 그러나 사다가 먹이자면 돈이 든다.

주인 노파는 담뱃대를 물고서 생각하여 보았다.

'개량 뽕이 좋기는 좋지마는 돈을 여간 받아야지. 그리고 일일이 사

서 먹이려다가는 뽕 값으로 다 집어먹고 남는 것이 어디 있나.'

노파 생각에는 돈 한 푼 안 들이고 공짜로 누에를 땄으면 좋을 것이다. 돈 한 푼을 들인다 하면 그 한 푼이 전 수확에서 나오는 이익의 전부같이 생각되어 못 견뎠다. 그뿐 아니라 자기 혼자 이익을 먹는 것 같으면 모르거니와 안협집하고 동사同事(공동으로 장사를 하는 것)로 하는 것이므로 안협집이 비록 뼈가 부서지도록 일을 한다 하더라도 그 힘이 자기 주머니에서 나가는 돈 한 푼만 못해 보인다.

그래서 뽕을 어떻게 공짜로, 돈 안 들이고 얻어올 궁리를 하고 있다가 안협집이 마침 마당으로 들어서매,

"뽕 때문에 일났구려."

하며 안협집에게는 무슨 도리가 없느냐고 물어보았다.

"글쎄."

안협집 생각은 주인의 마음과 또 달라서 남의 주머닛돈 백 냥이 내 주머닛돈 한 냥만 못하다. 그래서 '돈 주면 살 걸' 하는 듯이 심상하게(예사롭게) 있다.

"어떻게 해서든지 구해 와야지."

서로 얼굴만 쳐다볼 때, 들에 나갔던 삼돌이란 놈이 툭 튀어들어 오다가 이 소리를 듣더니 제 딴은 동정하는 표정으로,

"그것 일 났쇠다. 어떻게 하나……."

한참 허리를 짚고 생각을 해보더니,

"형! 참 그 뽕은 좋더라마는 똑 되기를 미선尾扇(둥근 부채) 조각같이 된 놈이 기름이 지르르 흐르는데 그놈을 먹이기만 하면 고치가 차돌 같이 여물 거야!"

들으라는 말인지 혼잣말인지는 모르나 한마디를 탁 던지고 말이 없다. 귀가 반짝 띈 주인은,

"어디 그런 것이 있단 말이냐?"

하며 궁금증 난 사람처럼 묻는다.

"네, 저 새 술막(주막)에 있는 뽕밭에 있는 것 말씀이오."

혹시 좋은 수가 있을까 하다가 남의 뽕밭, 더구나 그것으로 살아가는 양잠소 뽕이라, 말씨름만 하는 것이 될 것 같으므로,

"응! 나도 보았지. 그게 그렇게 잘되었나? 잘되었겠지. 그렇지만 그런 것이야 짐으로 있으면 무엇 하니?"

"언제 보셨어요?"

"보기야 여러 번 보았지. 올봄에 두릅 따러 갔다가도 보고……."

삼돌이란 놈이 한참 있다가 싱긋 웃더니 은근하게,

"쥔 마님! 제가 뽕을 한 짐 져다 드릴 것이니 탁주 많이 먹이시랍니까?"

들던 중에도 그렇게 반가운 소리가 또 어디 있으랴.

"작히 좋으랴. 따오기만 하면 탁주에다 젓이라도 담그마."

귀찮스런 삼돌이도 이런 때는 쓸 만하다는 듯이 안협집도 환심 얻으려는 듯한 웃음을 웃으며 삼돌이를 보았다. 삼돌이는 사내자식의 솜씨를 네 앞에 보여주리라 하는 듯이 기운이 나며 만족하였다.

안협집은 삼돌이와 함께 뽕서리를 한다

그날 밤 저녁을 먹고 자정 때나 되더니 삼돌이는 눈을 비비며 일어

나서 문 밖으로 나갔다. 나갔다가 한두어 시간 만에 무엇인지 지고 오더니 그것을 뒤꼍 건넌방 뒤 창 밑에 뭉뚱그려(되는대로 대강 뭉쳐 써) 놓았다. 이튿날 보니까 딴은 미선 쪽 같은 기름이 흐르는 뽕잎이었다.

"어디서 났을꼬?"

주인하고 안협집은 수군수군하였다.

"그 녀석이 밤에 도둑질을 해온 게지? 뽕은 참 좋소, 그렇지?"

"참 좋쇠다. 날마다 이만큼씩만 가져오면 넉넉히 먹이겠쇠다."

두 사람은 뽕을 또 따오지 않을까 보아서 아무 말도 아니하고,

"참 뽕 좋더라. 오늘도 좀 또 따오렴."

하고 충동인다. 놈은 두 손을 내저으며,

"쉬, 떠드시지 맙쇼. 큰일나죠. 그것이 그렇게 쉬워서야 그 노릇만 하게요. 까딱하다가는 다리 마디가 두 동강이 날걸요."

도둑해온 삼돌이나 받아들인 두 사람이나 도둑질했소! 하는 말은 없으나 서로 알고 있다.

그러자 하루는 주인이 안협집더러,

"여보, 이번에는 님자가 하루 저녁 가보구려. 그놈이 혹시 못 가게 되더라도 님자가 대신 갈 수 있지 않수. 또 고삐가 길면은 밟힌다구 무슨 일이 있을는지 모르니 님자가 둘이 가서 한몫 많이 따오는 것이 좋지 않수."

안협집이 삼돌이를 꺼리는 줄 알지마는 제 욕심에 입맛이 달아서 자꾸자꾸 충동인다.

"따다가 잡히면 어찌하구유."

"무얼! 밤중에 누가 알우? 그리고 혼자 가라오? 삼돌이란 놈하고

가랬지."

"글쎄, 운이 글러서 잡히거나 하면 욕이지요."

잡히는 것보다도 안협집의 걱정은 보기도 싫은 삼돌이란 녀석하고 밤중에 무인지경無人之境(사람이 없는 외진 곳)에를 같이 가라니 그것이 딱한 일이다.

안협집의 정조가 헤프기로 유명한 만치 또 매몰스럽기도 유명하여 한 번 맘에 들지 않는 것은 죽어도 막무가내다.

그것은 만냥금을 주어도 거들떠보지도 아니한다. 그런데 삼돌이가 그 중에 하나를 참례하여 간장을 태우는 모양이다.

안협집은 생각하고 생각하여 결심해버렸다.

"빌어먹을 녀석이 그 따위 맘을 먹거든 저 죽이고 나 죽지. 내 기운은 없어도……."

하고 쌀쌀하게 눈을 가로 뜨고 맘을 다잡아먹었다. 그리고는 뽕을 따러 가기로 하였다.

삼돌이는 어깨에서 춤이 저절로 추어진다.

'얘, 이것이 정말인가, 거짓말인가? 이제는 때가 왔구나. 인제는 제가 꼭 당했지.'

놈이 신이 나서 저녁 먹고, 마당 쓸고, 소 여물 주고, 도야지, 병아리새끼 다 몰아넣고, 앞뒤로 돌아다니며 씻은 듯 부신 듯 다 해놓고, 목물하고, 발 씻고, 등거리(등만 덮을 만하게 겹쳐 입는 홑옷) 잠뱅이(잠방이 ; 무릎까지 오는 짧은 남자용 홑바지)까지 갈아입은 후 곰방대에 담배를 꾹꾹 눌러 듬뿍 한 모금 빨아 휘 – 내뿜으며 시간 오기만 기다린다.

4
뽕잎을 훔치던 안협집은 뽕지기에게 잡힌다

안협집은 보자기를 가지고 삼돌이를 따라서 뽕밭을 향하여 간다. 날이 유달리 깜깜하여 앞의 개천까지 자세히 보이지 않는다. 돌부리가 발부리를 건드리면 안협집은 에구 소리를 내며 천방지축으로 다리도 건너고 논이랑도 지나고 하여 길 반쯤 왔다.

삼돌이란 놈은 속으로 궁리를 하였다.

'뽕을 따기 전에 논이랑으로 끌고 가?…… 아니지, 그러다가는 뽕두 못 따가지고 오면 어떻게 하게!…… 저도 열녀가 아닌 다음에 당하고 나면 할 말 없지. 아주 그런 버릇이 없는 년 같으면 모르거니와…… 옳지, 수가 있어, 뽕을 잔뜩 따서 이어 주면 제가 항우의 딸년이라도 한 번은 중간에서 쉬렷다. 그러거든……'

이렇게 궁리를 하다가 너무 말이 없으니까 심심파적破寂(할 일 없이 심심함을 잊으려고 무언가를 함)도 될 겸, 또는 실없는 농담도 좀 해서 마음을 좀 떠보아 나중 성사의 전제도 만들어 놀 겸 공연히 쓸데없는 말을 지껄인다.

"삼보는 언제나 온답데까?"

"몰라, 언제는 온다 간다 말이 있어 다니나."

"그래 영감은 밤낮 나돌아다니니 혼자 지내기 쓸쓸치도 않소?"

놈이 모르는 것같이 새삼스럽게 시치미를 뗀다.

"별걱정 다하네. 어서 앞서 가, 난 길이 서툴러서 못 가겠으니……."

"매우 쌀쌀하구려. 나는 님자를 위해서 하는 말인데. 그렇지만 김참봉 아들이란 쇠귀신 같은 놈이라 아무리 다녀도 잇속 없습네. 내 말이 그르지 않지."

안협집은 삼돌이가 아주 터놓고 말을 하는 것을 들으니까 분해서 뺨이라도 치고 싶었으나 그대로 참으며,

"무엇이 어째? 말이라면 다 하는 줄 아는군."

하고 뒤로 조금 떨어져 걸어갈 제, 전에도 그 녀석이 미웠지마는 남의 약점을 들어 가지고 제 욕심을 채우려는 것이 더 더러웠다.

뽕밭에 왔다. 삼돌이란 놈이 철망으로 울타리 한 것을 들어주어 안협집이 먼저 들어가고 나중으로 삼돌이란 놈은 그 무거운 다리를 성큼하여 그 안으로 들어갔다. 들어가다가 발끝에 삭정이(산 나무에 붙은 채 말라 죽은 작은 가지) 가지를 밟아서 딱 우지끈 소리가 나고 조용하였다.

삼돌이는 손에 익어서 서슴지 않고 따지마는 안협집은 익지도 못한 데다가 마음이 떨리고 손이 떨려서 마음대로 안 된다.

삼돌이는 뽕을 따면서도 이따가 안협집을 꾀일 궁리를 하지마는 안협집은 이것저것을 잊어버리고 손에 닥치는 대로 뽕을 땄다.

얼마쯤 땄다. 갑자기 안협집의 뒤에서,

"누구야!"

하고 범 같은 소리를 지르는 남자 소리가 안협집의 간담을 서늘하게 하였다. 삼돌이란 놈은 길(사람 키의 길이)이나 되는 철망을 어느 결에 뛰어넘었는지 10여 간통이나 달아나서 안협집을 불렀다.

"어서 와요! 어서, 어서!"

그러나 안협집은 다리가 떨려서 빨리 나와지지를 않는다. 그러나 죽을힘을 다하여 달아나려고 한아름 잔득 따넣었던 뽕을 내던지고 철

망으로 기어나오기는 나왔으나 치맛자락이 걸려서 잡아당긴다. 거기에 더 질겁을 해서 그대로 쭉 찢고 나오려 할 때, 때는 이미 늦었다. 뽕 지키던 남자는 안협집을 잡았다.

"이 도둑년! 남의 뽕을 네 것 같이 따가? 온 참, 이년! 며칠째냐, 벌써. 이렇게 남의 것이라고 건깡깽이(건깡깽이 : 일을 하는 데 밑천이나 기술 따위가 없이 그냥 함)로 먹으면 체하지 않을 줄 알았더냐? 저리 가자."

안협집은,

"살려 주소. 제발 잘못했으니 살려만 주소. 나는 오늘이 처음이오. 저 삼돌이란 놈이 날마다 따갔지 나는 죄가 없쇠다."

하고 손이 발이 되도록 빈다.

"듣기 싫어, 이년아! 무슨 변명이냐. 육시를 하고도 남을 년 같으니. 왜, 감옥소의 콩밥 맛이 고소하더냐?"

"그저 잘못했습니다."

삼돌이는 보이지 않고 뽕지기는 안협집 손목을 끌고 뽕밭으로 들어갔다.

"이리 와! 외양도 반반히 생긴 년이 무엇이 할 게 없어 뽕서리를 다녀."

하더니 성냥불을 그어 대고 안협집을 들여다보더니,

"흥."

의미 있는 웃음을 웃어버렸다.

안협집은 이 웃음에 한 가닥 희망을 얻었다. 그 웃음은 안협집의 손아귀에 자기를 갖다 쥐어준다는 웃음이다. 안협집은 따라서 방싯 웃었다. 그 웃음 한번이 넉넉히 뽕지기의 마음을 반 이상이나 흰죽 풀어지게 하였다.

안협집은 끌려갔다.

'제가 철석 같은 간장을 가진 놈이 아닌 바에⋯⋯. 한 번이면 놓아 줄 걸.'

그는 자기의 정조를 팔아서 자기의 죄를 면할 수 있음을 알았다. 그는 마지 못하는 체하고 끌려갔다.

삼돌이란 놈은 멀리서 정경情景(사람이 처하고 있는 형편)만 살피다가 안협집을 뽕지기가 데리고 가는 것을 보더니 두 눈에서 쌍심지가 돋았다.

'얘, 이놈이 호랑이 삼돌이를 모르는 모양이다. 그러나 대관절 어떻게 할 셈이냐? 이놈 안협집만 건드려 보아라. 정강마루를 두 토막에다 내놀 터이니. 오늘 밤에는 꼭 내 것이던 걸 그랬지. 어디 좀 가까이 좀 가볼까?'

이제는 단판씨름이라 주먹이 시비 판단을 하는 때이다. 다시 철망을 넘어서 들어갔다. 들어가서는 이곳저곳 귀를 기울이더니 이 구석 저 구석으로 돌아다녀 보았다.

저쪽에서 인기척이 웅얼웅얼하더니 아무 말이 없다. 한 두서너 시간 그 넓은 뽕밭을 헤매고, 또 거기 닿은 과목밭, 채마전(채소밭), 나중에는 그 옆 원두막까지 가보았다. 놈이 뽕나무밭 가운데 부풀덤불을 보지 못한 까닭이다. 그는 입맛만 다시면서 집으로 와서 주인에게 그 이야기를 했다.

노파의 눈이 등잔만 해지더니 두 손, 두 다리가 사시나무 떨듯 한다.

"이거 일 났구나. 어쩌면 좋단 말이냐."

좌불안석坐不安席(안절부절못함)을 할 제 삼돌이란 녀석은 분한 생각에

곰방대만 똑똑 떨고 앉았다.

5
삼돌이는 안협집을 겁탈하려고 하지만 혼만 난다

그날 새벽에 안협집이 무사히 왔다. 머리에 지푸라기가 묻고 몸매무시가 말이 아니다.

"에그, 어떻게 왔어! 응?"

주인은 눈에 눈물이 괴어서 어루만진다.

"무얼 어떻게 와요? 밤새도록 놈하고 승강이를 하다가 그대로 왔지."

"그대로 놓아주던가?"

"놓아주지 않고, 붙잡아두면 어찌할 테야?"

일이 너무 싱겁다. 삼돌이란 놈만 혼잣말처럼,

"내가 잡혔더면 콩밥을 먹었을걸. 여편네니까 무사했지."

주인은 그래도 미진해서,

"그래, 잘 놓아주었으니 다행이지. 그러나저러나 뽕은 어떻게 되었소?"

"아 뺏겼죠!"

"인제는 아무 일이 없겠소?"

"일이 무슨 일예요."

그날 밤에 삼돌이란 놈은 혼자 앉아서 생각하기를, '복 없는 놈은 하는 수가 없거든. 그러나 내가 다 눈치를 채었으니까, 노름꾼놈이 오거든 이르겠다고 위협을 하면 년도 발이 저려서 그대로는 못 있지. 내 입을 안 씻기고 될 줄 아는 게로구면.'

그 후부터는 삼돌이란 놈이 안협집을 보고는,

"뽕지기놈 보고 싶지 않습나?"

하고 오며 가며 맞대놓고 빈정대기도 하고 빗대놓고도 비웃는다.

"뽕이나 또 따러 가소."

이러는 바람에 온 동리에서 다 알았다. 안협집은 분해서 죽겠는데, 하루는 삼돌이란 놈이 막 안협집이 이불을 펴고 누우려는데 찾아와서 추근추근 가지도 않고,

"삼보 김서방이 올 때도 되었습네그려."

하며 눈치를 본다. 안협집은 졸음이 와서 눈꺼풀이 뻣뻣하여 오는데 삼돌이란 놈이 가지도 않는 것이 귀찮아서,

"누가 아누. 오고 싶으면 오고 가고 싶으면 가겠지."

하고 담벼락에 비스듬히 기대앉는다.

삼돌이의 눈에는 그 고단해하면서 비스듬히 누워서 눈을 감을랑 말랑한 안협집의 목덜미 살쩍 밑이며 볼그레한 두 볼이 몹시 정욕을 일으켰다.

그래서 차츰차츰 말소리가 음흉해간다.

"님자는 사람을 너무 가려 봅디다! 그러지 마슈. 나도 지금은 남의 집 머슴이지마는 집안 지체라든지, 젊었을 적에는 그래도 행세하는 집에서 났더라우. 지금은 그놈의 원수스런 돈 때문에 이렇게 되었지마는……."

하고 말을 건네려 하는데, 안협집은 별 시러베자식 다 보겠다는 듯이

대답이 없다.

"자, 그럴 것 있소. 오늘은 내 청을 한 번 들어주소그려."

하고 바싹 달려드는 바람에 반쯤 감았던 안협집의 눈은 똥그래지며 어느 결에 삼돌의 뺨에 손뼉이 올라가 정월의 떡치듯 철썩 한다.

"이놈! 아무리 쌍녀석이기로 이게 무슨 버르장머리냐. 냉큼 나가거라!"

하고 호령이 추상같다(위엄이 있고 서슬이 푸르다). 삼돌이란 놈은 따귀를 비비면서 성이 꼭두까지 일어나서,

"무엇이 어쩌고 어째. 횡! 어디 또 한 번 때려 봐라."

일이 이렇게 되었으니 자기가 하려던 것은 이루고 마는 것이 상책이다. 이래도 소문은 날 것이요, 저래도 소문은 날 것이니 이왕이면 만족이나 채우고 소문이 나더라도 나는 것이 자기에게는 이로울 것 같았다. 더구나 안협집으로 말을 하면, 온 동리에서 판 박아놓은 화냥년이니 한 번 화냥이나 두 번 화냥이나, 남이나 내가 무엇이 다를 것이 있으랴 하는 생각이 났다.

도리어 자기의 만족을 한 번 얻는 것이 사내자식으로서 일종의 자랑인 것 같이 생각되었다. 그는 두 팔로 안협집을 힘껏 껴안고,

"내가 호랑이 삼돌이다! 네가 만일 내 말을 들으면 무사하지만 그렇지 않으면 그대로 두지는 않을 터이야! 너, 네 남편이 오기만 하면 모조리 꼬아바칠 터이야! 뽕 따러 갔던 날 일까지 모조리!"

무식한 놈이라 야비한 곳이 있다. 안협집은 그 소리가 얼마나 사내답지 못하였는지 알 수 없었다. 쇠 같은 팔이 자기 허리를 누를 때 눈을 감고 한 번만 허락할까 하려다가 그 말을 듣고서 고만 침을 얼굴에

뺐었다.

"이 더러운 녀석! 네가 그까짓 것으로 나를 위협한다고 말을 들을 줄 아니?"

하고 소리를 질렀다. 삼돌이는 손으로 안협집의 입을 막았으나 때는 이미 늦었다. 마침 마을을 다녀오던 이장의 동생이 이 소리를 듣고 문을 열었다.

삼돌이란 놈은 무안해서 얼굴이 붉어지며 안협집을 놓았다. 안협집은 분해서 색색거리며,

"저놈 보시소. 아닌 밤중에 혼자 자는데 와서 귀찮게 굽니다. 저 죽일 놈이오. 좀 끌어내다 중치重治(엄중히 다스림)를 좀 해주시오."

이장의 동생은 안협집의 행실을 아는 고로 삼돌이만 보내려고,

"이놈이 할 일이 없거든 자빠져 자기나 하지, 왜 아닌 밤중에 남의 계집의 방에서 지랄이야? 냉큼 네 집으로 가거라!"

두 눈이 등잔만 하여진다.

"네, 그런 게 아니라, 실없이 기롱譏弄(농락)을 좀 했삽더니……."

"듣기 싫여! 공연히 어름어름하면서, 이놈아, 너는 사람을 죽여도 기롱으로 아느냐?"

삼돌이는 쫓겨났다. 이장의 동생은 포달(악을 쓰고 함부로 욕을 하며 대듦)을 부리며 푸념을 하는 안협집을 향하여,

"젊은 것이 늦도록 사내녀석들을 방에다 붙이니까 그런 꼴을 당하지."

"누가요?"

"고만둬! 어서 잠이나 자."

하며 문을 닫쳐 주고 가버렸다.

6
삼돌이 일로 분한 안협집은 남편에게 하소연한다

삼돌이는 앙심을 먹었다. 안협집을 어떻게 해서든지 한 번 골리리라는 생각이 가슴속에 탱중하였다(화나 욕심 등으로 가득 차 있다).

안협집은 독이 났다. 삼돌이란 놈 분풀이를 하려는 생각이 머리끝까지 올라왔다.

이튿날 동리에 소문이 났다.

"삼돌이란 놈이 뺨을 맞았다지! 녀석이 음침하니까."

"그렇지만 계집년이 단정하면 감히 그런 맘을 먹을라구!"

"그렇구말구! 제 행실야 판에 박은 행실이니까."

"지가 먼저 꼬리를 쳤던 게지."

이 소리가 바람에 떠돌아오자 안협집은 분하였다. 요조숙녀보다도 빙설氷雪 같은 여자인데 이런 누추한 소문을 듣는 것 같았다. 맘에 드는 서방질은 부정한 일이 아니요, 죄가 아니요, 모욕이 아니나 맘에 없는 놈에게 그런 소리를 듣고 당하는 것은 무서운 모욕 같았다.

그는 그 길로 삼돌의 주인 마누라에게로 갔다.

"삼돌이란 녀석을 내쫓으소."

주인은 벌써 알아채었으나 안협집 편은 안 들었다. 다만 어루만지는 수작으로,

"무얼 내쫓을 것까지 있소. 그만 일에……. 그저 눈감아두지."

"왜 눈을 감는단 말이오?"

주인은 속으로 웃었다.

'소 한 필을 달라면 줄지언정 삼돌이를 내놔?' 하였다.

"쫓아선 무얼 하우, 또."

'어림없는 년! 네가 떠들면 떠들수록 네 밑구멍 들춰서 남 보이는 것이라'는 듯이 쳐다보며 맨 나중으로 아주 잘라 말을 해버렸다.

"나는 못 내보내겠소."

안협집은 분해서 집에 와서 머리를 쥐어뜯으며 울었다. 그리고 또 결심했다.

'두고 봐라. 너희들까지 삼돌이를 싸고도니! 영감만 와봐라.'

하루는, 딴은 영감이 왔다. 안협집은 곤두박질을 하면서 맞았다.

"에그, 어서 오슈."

노름꾼 김삼보는 눈이 똥그래졌다. 무슨 큰 좋은 일이나 생긴 것 같았다. 딴 때와 유달리 반가워하는 것이 의심스럽고 이상하였다.

방에 들어앉자마자 얼마나 땄느냐는 말도 물어 보지 않고 삼돌이란 놈에게 욕 당할 뻔하였다는 말을 넋두리하듯 이야기하였다.

"사람이 분해서 죽겠구려. 이것도 모두 영감 잘못 둔 탓이야. 오죽 영감이 위엄이 없어 보이면 그 따위 녀석이 그런 짓을 할라고…… 영감이라고 있으나 없으나 마찬가지지. 1년 열두 달 계집이 죽거나 살거나 내버려두고 돌아만 다니니까."

영감은 픽 웃었다.

"왜 내 잘못인가? 오죽 행실을 잘 가지면 그 따위 녀석에게 그 꼴을 당한담."

김삼보는 분이 나지 않는 것도 아니었다. 그러나 계집의 소행을 짐작도 하려니와 그놈의 주먹도 아니 생각할 수가 없었다. 계집이 먹여 살리라는 말이 없고, 이혼하자는 말만 없는 것이 다행해서 서방질을 해도 눈을 감아주고 무슨 짓을 하든지 그저 코대답만 하여주는 터이라 그런 소리가 귓전으로 들릴 뿐이다.

"내가 행실 잘못 가진 게 무어요?"

안협집은 분풀이라도 하여줄 줄 알았더니 도리어 타박을 주므로 분한데 악이 났다.

"글쎄 무어야! 무엇? 어디 대봐요! 님자가 내 행실 그른 것을 보았소? 어디 보았거든 본 대로 말을 하시우."

딴은 김삼보는 집어서 말할 것이 없었다. 그는 그저 그런 눈치만 채었지, 반박할 증거는 잡은 것이 없다.

"본 거나 다름없지!"

"무엇이 본 거나 다름없어? 1년 열두 달 계집이 죽거나 살거나 내버려 두었다가 이제 와서 한다는 소리가 그것밖에 없어? 살기가 싫거든 그대로 살기 싫다고 그래, 사내답게! 왜 그만 냄새가 나지? 또 어디다가 계집을 얻어논 게지."

"이년이 뒈지지를 못해서 기를 쓰나?"

"그렇다, 이놈아! 네까짓 녀석 아니면 서방 없을까봐 그러니, 더러운 녀석!"

김삼보의 주먹은 안협집의 등줄기를 후렸다.

"이년, 그래도 잔소리야. 주둥이 좀 닥치지 못하겠니."

안협집 부부싸움에 삼돌이가 끼어든다

이렇게 서로 툭탁거리며 싸우는 판에 뒷집에서 삼돌이란 놈이 이 소리를 듣고서 가장 긴한 척하고 달려왔다.

"삼보 김서방, 언제 오셨소?"

하고 마당에 들어섰다. 김삼보는 그놈의 상판을 보니까 참았던 분이 꼭두까지 올라온다. 삼돌이는 제법 웃음을 띠며,

"허허, 오래간만에 만나셔서 내외분 싸움이 웬일이시우?"

어디서 한잔을 하였는지 얼굴이 불콰하다.

김삼보는 눈을 흘겨 뚫어지도록 삼돌이를 쳐다보았다.

"이놈아! 남이 내외 싸움을 하든 말든 참견이 무어야?"

삼돌이란 놈은 주춤하였다. 그는 비지 같은 눈곱이 낀 눈을 꿈벅꿈벅하더니,

"그렇게 역정 내실 것 무엇 있수. 말 좀 했기로……."

"이놈아, 네가 아랑곳할 게 무어야?"

"아랑곳은 할 것 없어도 흥정은 붙이고 싸움은 말리랬으니까 말이오. 나는 싸움 좀 못 말린단 말이오?"

하고 술 냄새를 풍기며 다가앉는다.

"이놈아, 술을 먹었거든 곱게 삭여!"

이번에는 삼돌이란 놈이 빌붙는다.

"나 술 먹고 어찌하든 김서방이 관계할 게 무어요."

"이놈아! 남의 내외 싸움에 참견을 하니까 그렇지."

주고받다가 삼돌이의 멱살을 김삼보가 쥐었다.

"이 녀석, 네가 무슨 뻔뻔으로 이 따위 수작이냐? 내 계집 이놈 왜 건드렸니?"

삼돌이는 조금 발이 저렸으나 속으로 흥 하고 웃었다.

"요까짓 게 누구 멱살을 쥐어? 앙징하게."

하더니 김삼보의 팔을 잡아 마당에다가 내리갈기니 개구리 떨어지듯 쾍 한다.

"요놈의 자식아! 내 말을 좀 들어보고 말을 해! 네 계집 흠절欠節(부족하거나 잘못된 점)은 모르고 덤비기만 하면 강산이냐? 이 동리 반반한 사내양반 쳐놓고 네 계집 건드리지 않은 놈이 없다. 이놈! 꼭 집어 말을 하라면 위에서 아래로 내리섬기마. 이놈, 너도 계집 덕분에 노잣냥, 노름밑천 푼 좋이 얻어 썼지. 그래 집이라고 오면서 볼받은(해진 것을 덧대어 깁은) 것이나마 옥양목 버선벌이나 얻어 가지고 가는 것은 모두 어디서 나온 것으로 아니? 요 땅딸보 오리궁둥아! 아무리 속이 밴댕이 같기로. 그리고 또 들어봐라. 나중에는 주워 먹다 못해서 뽕지기까지 주워 먹었다."

안협집이 파래서 달려든다.

"이놈! 네가 보았니?"

"보나 안 보나 일반이지."

"이 녀석, 네 말을 듣지 않으니까 된말 안 된말 주둥이질을 하는구나."

동리사람들이 모여들었다. 안협집은 삼돌이에게 발악을 하고 김삼보는 듣고만 있다.

한참 있더니 듣다듣다 못하는 듯이 삼돌이란 놈이 안협집에게로 달려들며,

"이년이 뒈지려고 기를 쓰나?"

하고 주먹을 들었다. 동리 사람들이 호령을 하고 말렸다.

"이놈! 저리 얼른 가거라!"

삼돌이는 변명을 하며 뻗딩겼다. 그러나 여러 사람에게 끌려 저리로 가버렸다.

김삼보는 아내의 행실 때문에 화가 난다

사람이 헤어지자 노름꾼은 계집의 머리채를 잡았다.

그는 삼돌이에게 태질을 당한 것이 분하였다. 그뿐 아니라 그렇게까지 계집년의 행실을 온 동리에서 아는 것이 분하였다.

"이년! 더러운 년! 뽕밭에는 몇 번이나 갔니?"

발길로 지르고 주먹으로 패고 머리채를 잡아당기고 땅에다 질질 끌었다. 그는 이를 갈고 어쩔 줄을 몰랐다. 계집은 울고 발버둥질을 쳤다.

"죽여라! 죽여!"

"그럼 살려 줄 줄 아니? 이년! 들어앉아서 하는 게 그런 짓밖에는 없어?"

김삼보는 자기의 무딘 팔다리가 계집의 따뜻하고 연한 몸에 닿을 때에 적지 않은 쾌감을 느끼었다. 그는 그럴수록 더욱 힘을 주어 저리도록 속에 숨겨 있던 잔인성이 북받쳐 올라왔다.

맞은 안협집은 당장에 죽을 것 같았다. 그는 생각하기를, 이왕 이리된 바에야 모두 말해버리고 저하고 갈라서면 고만이지 언제는 귀밑머리 풀고, 사주단자 보내고, 사당에 예배드린 내외냐. 저는 저고 나는

난데, 왜 이렇게 때리노? 하는 맘이 나며,

"이것 놔라! 내 말하마!"

하고 머리를 붙잡았다.

"뽕밭에는 한 번밖에 안 갔다. 어쩔 테냐?"

삼보는 더욱 머리채를 잡아챘다.

"이년! 한 번?"

이번에는 더 때렸다. 안협집은 말한 것이 후회가 났다. 삼보는 그래도 거짓말을 한다고 그대로 엎어놓고 짓밟았다. 안협집은 기절을 하였다. 삼보는 귀로 안협집의 숨소리를 들어보았다. 그러나 숨소리가 없다. 그는 기겁을 하여 약국으로 갔다. 그의 팔다리는 떨렸다. 그가 의원에게서 약을 지어 가지고 왔을 때 안협집은 일어나 앉아 있었다. 삼보는 반갑기도 하고 분하기도 하여 약을 마당에 팽개쳤다. 그리고 밤새도록 서로 말이 없었다.

이튿날은 벙어리들 모양으로 말이 없이 서로 앉아 밥을 먹고, 서로 앉아 쳐다보고, 서로 말만 없이 옷도 주고받아 갈아입고, 하루를 더 묵어 삼보는 또 가버렸다.

안협집은 여전히 동릿집 공청 사랑에서 잠을 잤다. 누에는 따서 30원씩 나눠 먹었다.

이야기 따라잡기

　김삼보는 집에 있지 않고 여기저기 떠돌아다니며 노름을 하는 아편쟁이 노름꾼이다. 그에게는 안협집이라는 아내가 있는데 예쁜 얼굴로 인해 동네 여자들의 부러움을 살 뿐만 아니라 그녀를 노리는 동네 남자들도 많다.

　촌구석에서 아무렇게나 자란 안협집은 먼저 안 것이 돈이어서 돈만 있으면 서방도 있고, 먹을 것, 입을 것 다 있다는 신념으로 자기 목숨을 빼고는 무엇이든지 제공한다. 안협집은 처음에는 누구에게나 정조를 팔다가 점점 돈푼도 상당하고 여간해서 손아귀에 들지 않는 자들에게 정조를 팔기 시작한다.

　어느 가을에 뒷집 머슴으로 삼돌이란 사람이 왔는데 타령도 잘하고 술도 잘 먹으며 힘도 세다. 성격이 음침하여 반반한 여자는 모두 건드렸으나 안협집만 건드리지 못한다.

어느 날 삼돌이와 함께 뽕서리를 하던 안협집은 뽕지기에게 잡히게 되고 정조를 팔아 겨우 풀려나게 된다. 이를 안 삼돌이는 안협집을 겁탈하려 하지만 오히려 이장의 동생에게 혼만 나고 쫓겨난다.

삼돌이를 괘씸하게 생각한 안협집은 남편 김삼보에게 하소연하지만 남편이 신경을 쓰지 않자 결국 부부싸움을 한다. 지나가다 이를 알게 된 삼돌이는 부부싸움에 참견하다가 김삼보와 싸우게 된다. 사람들의 만류로 삼돌이가 돌아가게 되자 김삼보는 분에 이기지 못해 결국 안협집을 때린다.

너무 많이 때린 나머지 안협집이 기절하자 김삼보는 의원에게 약을 지어 오고 안협집이 일어나 앉아 있자 반갑기도 하고 분하기도 한 마음에 약을 마당에 팽개친다. 그리고 아무말 없이 이틀이 흐르고 김삼보는 집을 나가버린다.

안협집은 여전히 동리 공청 사랑에서 잠을 자고 누에를 따서 주인과 30원씩 나눠 먹는다.

쉽게 읽고 이해하기

돈만 있으면 다 되는 물질만능주의 아편쟁이 노름꾼 김삼보와 안협집은 부부임에도 불구하고 거의 함께 생활하지 않는다. 김삼보는 노름을 하기 위해 돌아다니고 안협집은 그런 김삼보의 노름돈을 대기 위해, 그리고 먹고 살기 위해 자신의 정절을 파는 인물이다. 김삼보는 아내가 부정하다는 사실을 알지만 노름돈과 아편을 살 돈을 얻기 위해 눈감아준다. 안협집은 남편이 노름과 아편 때문에 집에 거의 없지만, 돈을 벌 수 있기 때문에 뭐라고 하지 않는다.

이러한 태도는 안협집의 굳은 신조를 통해 알 수 있다. "촌구석에서 아무렇게나 자란 데다가 먼저 안 것이 돈이었다. '돈만 있으면 서방도 있고, 먹을 것 입을 것이 다 있지' 하는 굳은 신조는 자기목숨을 내어놓고는 무엇이든 제공하여 부끄러운 것이 없"다. 즉 돈이 있어야 남편도 있고, 먹을 것도 있고, 입을 것도 있으므로 무엇보다 돈이 최

고인 것이다. 이러한 물질만능주의적 사상은 안협집의 생활이 얼마나 험난하고 어려웠었는지를 말해준다.

「물레방아」에서 이방원의 아내 역시 돈 때문에 정절을 판다. 그러나 이방원의 아내는 자신을 위해 남편을 버린다. 그리고 이방원은 아내의 부정을 참을 수 없었기 때문에 결국 비극적인 결말을 맞이한다. 그러나 이 소설에서의 안협집은 남편을 버리지 않는다. 오히려 돈을 가져야만 남편을 얻을 수 있다고 생각한다. 그리고 남편 역시 아내의 부정을 눈감아주며 그 돈으로 노름을 한다. 결국 둘은 비극적 결말 대신 아무 일도 없었다는 듯이 예전과 다름없는 생활을 하게 되는 것이다. 돈만 있으면 도덕적 관념이나 부부간에 지켜야 할 도덕과 예의 등은 아무 상관이 없는, 「물레방아」의 인물들보다 더 물질만능주의에 빠져 있다.

궁핍한 일상과 성적 욕망 안협집은 15, 6세 때 참외 하나에 정절을 팔았다. 그때부터 정절을 이용해 돈을 버는 방법을 알게 되었다. 그러나 지금의 안협집은 돈푼도 상당하고 여간해서 손아귀에 들지 않는 자들에게 정조를 판다. 참외 하나의 값으로는 남편의 노름돈을 댈 수 없을 뿐만 아니라 "맘에 드는 서방질은 부정한 일이 아니요, 죄가 아니요, 모욕이 아니다"라고 생각하기 때문이다. 가난 때문에 시작된 타락은 결국 스스로 즐기며 정당화하기에 이른 것이다.

반면 삼돌이는 머슴이다. 그러나 머슴이라는 현실에서 벗어나기 위해 노력하지 않는다. 오히려 머슴이라는 사실보다는 힘이 센 난봉꾼이라는 사실에 더 주목한다. 자신의 성적 욕망을 채우기 위해 동네의 모든 여자들을 건드린다. 따라서 미모가 뛰어난 안협집과 관계를 갖는 것은 당연한 것으로 여긴다.

그러나 두 사람의 욕망이 서로 맞지 않기에 둘은 이루어질 수 없다. 안협집의 욕망은 궁핍한 일상에서부터 오는 금전에 대한 욕망과 성적 욕망이 부합되어야만 자신의 정절을 판다. 반면 삼돌이는 자신의 성적 욕망만 가지고 있을 뿐 금전적 능력이 없다. 따라서 안협집은 삼돌이를 거부할 수밖에 없다. 결국 삼돌이는 안협집의 남편인 김삼보에게 안협집의 타락을 고발하고 부부싸움에 관여하지만 이미 금전적 욕망에 합의를 본 두 사람에게 그런 것은 문제가 되지 않는다. 김삼보가 분한 것은 아내가 타락했기 때문이 아니라 머슴살이하는 삼돌이가 자신을 비판했기 때문이다.

결국 돈 때문에 매춘을 하고, 또 아내의 매춘을 눈감아준 대가로 여기저기 떠돌며 살 수 있는 김삼보의 삶은 바로 빈곤한 일상 속에서 계속 되어지는 가난과 욕망을 그리고 있다. 이러한 모습은 하층민의 궁핍한 삶과 타락한 욕망이 일상화될 수밖에 없었던 당시의 암울하고 비참한 하층민의 삶을 냉정한 시선으로 나타낸 것이다.

"밥도 쌀이 있고 나무가 있어야지."

행랑 자식

「행랑 자식」(《개벽》, 1923)은 행랑살이를 하는 한 가족의 이야기를 다룬 것으로 비참하고 궁핍한 하층민의 삶의 모습을 열두 살 난 어린아이의 시선으로 바라본 단편소설이다.

진태

열두 살 보통학교 4학년. 부모의 말을 잘 듣는 편이지만 자존심이 강하다. 자신을 위로해주지 않는 부모에게 서운함을 느낀다.

진태 어머니

박교장 집안일을 봐주며 생활하는 주부. 가족을 위해 결국 유일한 보물인 은비녀를 전당포에 판다.

진태 아버지

박교장 집에서 행랑살이를 하며 하루 벌어 하루 먹고 사는 인력거꾼. 가족을 위해 노력하지만 벌이가 시원치 않아 힘들어한다.

행랑 자식

1
열두 살 진태는 박교장 집 행랑아범의 아들이다

어떠한 날, 춥고 바람 많이 불던 겨울밤이었다. 박교장의 집 행랑에서 글 읽는 소리가 나더니 꺼져 가는 촛불처럼 차츰차츰 소리가 가늘어간다. 그러다가는 다시 옆에서 어린애 입에 젖꼭지를 물리고서 졸음 섞여 꽥 지르는 목소리로,

"어서 읽어!"

하는 어머니 소리에 다시 글 소리는 굵어진다.

나이는 열두 살. 보통학교 4학년 급에 다니는 진태라는 아이니, 그 박교장의 집 행랑아범의 아들이다. 왱왱 외우던 글 소리는 단 2분이 못 되어 다시 사라졌다. 그리고는 동리집 시계가 열한 시를 치는 소리가 들리더니 사면은 고요하였다.

2
마당을 쓸던 진태는 교장의 버선을 더럽혀 혼이 난다

이튿날 날이 밝은 뒤에 보니까 온 마당, 지붕, 나뭇가지에 눈이 함박같이 쏟아졌다. 그런데 아직까지도 눈이 다 끝나지 않고 보슬보슬 싸라기눈이 내려온다.

진태는 문 뒤에 세워 놓았던 모지랑비(끝이 다 닳은 빗자루)를 들고 나섰다. 처음에는 새로 빨아 펼쳐놓은 하얀 요 위에 뒹구는 것처럼 몸 가볍고 마음 상쾌한 기분으로 빗자루를 들었으며, 모지랑비와 약한 자기 팔로써 능히 그 많은 눈을 쳐버릴 줄 알았으나 두어 삼태기를 가까스로 퍼버리고 나니까 팔이 떨어지는 것 같고 허리가 부러지는 듯하였다. 그러나 아니 칠 수는 없었다. 날마다 아침에 일어나서 마당을 쓰는 것이 자기의 직분이다.

어머니는 안으로 밥을 지으러 들어가고 아버지는 병문(골목 어귀의 길가)으로 인력거를 끌러 나갔다.

한두 삼태기를 개천에 부은 후에 다시 세 삼태기를 들고서 낑낑하면서 개천으로 간다. 두 손끝은 눈에 녹아서 닭 튀해 뜰 때 발 허물 벗겨내듯 빠지는 듯하고 발끝은 저려서 토막을 내는 듯하다.

그는 발을 억지로 옮겨 놓았다. 눈 든 삼태기가 자기를 끌고 가는 듯하였다. 그렇게 그가 길 중턱까지 갔을 때 그의 팔의 힘은 차차 없어지고 다리에 맥이 홱 풀리었다. 그래서 그는 손에 들었던 눈 삼태기를 탁 놓치었다. 그러자 누구인지,

"이걸 좀 봐라."

하는 어른의 호령 소리가 바로 자기 머리 위에서 들리자 고개를 쳐들고 보니까 교장 어른이 아침 일찍이 어디를 다녀오시다가 발등에다가 눈을 하나 잔뜩 덮어쓰시고 역정 나신 얼굴로 자기를 내려다보고 계신다. 진태는 그만 얼굴이 홧홧하여졌다. 그리고 아무 말도 못하고 그대로 멀거니 서있었다. 그는 무엇으로 그 미안한 것을 풀어야 좋을지 알지 못하였다. 그러다가 하얀 새 버선에 검은 흙이 섞인 눈이 묻어 있는 것을 보고서 자기의 손으로 그것을 털어드리면 얼마간 자기의 죄가 용서되리라 하고서 허리를 구부려 두 손으로 그 버선등을 털어드리려 하였다. 그러나 교장은 한 발을 탁 구르시더니,

"고만두어라. 더 더럽는다."

하시고서,

"엥!"

하시며 안으로 들어가시었다. 진태는 무참하였다. 손에는 어제 저녁에 습자 쓰다가 묻은 먹이 꺼멓게 묻어 있다. 털어 드리면은 잘못을 용서하실 줄 알았더니 더 더러워진다 핀잔을 주시고 역정을 더 내시는 것 같다. 그래서 그는 어떻게 해야 좋을지 알지 못하여 그대로 멀거니 서있었다. 무참을 당하여 얼굴도 홧홧하고 두 손에서는 불이 난다.

그래서 그는 안으로 들어가지 못하고 행랑 자기 방으로 들어가는데 안마루 끝에서 주인마님이,

"아 그 애녀석도, 눈이 없는가? 왜 앞을 보지 못해?"

하는 소리를 듣고서는 쥐구멍으로라도 들어가버리고 싶도록 온몸이 움츠러졌다. 그리고는 자기 뒤로 따라나오며 주먹을 들고서 때리려 덤비는 자기 어머니가,

"이 망할 녀석, 눈깔을 어따 팔아먹고 다니느냐?"

하고 덤비는 듯하므로 질겁을 하여 방 안으로 들어갔다.

아니나다를까, 조금 있더니 보기 싫은 젖퉁이를 털럭털럭하면서 어머니가 쫓아나왔다.

"이 망할 녀석, 눈깔이 없니? 나리마님 새 버선에다가 그것이 무엇이냐? 왜 그렇게 질뚱바리(행동이 느리고 꽉 막힌 사람)냐, 사람의 자식이."

어머니는 그래도 말이 적었다. 그리고는 그새 다시 안으로…… 들어갔다.

진태는 간이 콩알만하게 무서운 것은 둘째 쳐놓고, 웬일인지 분한 생각이 난다. 아무리 생각을 하여도 자기 잘못 같지는 않다. 자기가 눈 삼태기를 들고 가는데 교장 어른이 딴생각을 하면서 오시다가 닥뜨린 것이지 자기가 한눈을 팔다가 그리한 것은 아니다.

그래서 웬일인지 호소할 곳이 없어 그는 그대로 방바닥에 엎드려졌다. 그리고는 고개를 두 팔로 얼싸안고 자꾸자꾸 울었다. 그는 눈물이 방바닥에 떨어지는 것을 알았다. 삿자리(갈대를 엮어서 만든 자리) 깐 그 밑으로 흙내가 올라오는 것을 맡았다. 그리고는 어머니도 걱정을 하고 아버지도 걱정을 할 터요, 더구나 아버지가 이것을 알면은 돌짝 같은 손에 얻어맞을 것을 생각하매 몸서리가 난다. 그는 신세 한탄할 문자를 모르고 말도 모른다. 어떻든 억울하고 분하였다. 그렇다고 어디 가서 호소할 데도 없었고 분풀이할 곳도 없었다.

진태는 아버지의 위로에도 불구하고 계속 운다

그는 방바닥에 한참 엎드려서 느껴 가면서 울고 있을 때 방문이 펄쩍 열리었다. 그는 깜짝 놀랐으나 돌아다보지도 않았다. 그의 생각에는 그 문 여는 사람이 어머니려니 하였다. 그래서 약한 마음에 이렇게 우는 것을 보면은 어머니는 나를 위로하여 주려니 하였다. 그래서 어머니가 일어나라고 하기만 기다렸다.

그러나 한참 아무 소리가 없더니,

"애!"

하고 험상스럽게 부르는 사람은 자기 아버지다. 그는 위로를 받기커녕 벼락이 내릴 것을 그 찰나에 예감하였다. 그는 눈물이 쏙 들어가고 온몸이 선뜩하였다.

이번에는 꽥 지르는 소리로,

"애, 일어나거라, 이것아."

하는 아버지의 성난 얼굴이 엎드린 속으로 보인다. 그는 그러나 벌떡 일어나지는 못하였다. 자기 눈 가장자리에는 눈물이 묻었다. 그 눈물을 보면은 반드시 그 우는 곡절을 물을 터이다. 그 대답을 하면은 결국은 벼락이 내릴 터이다. 그래서 일어나지도 못하고 그대로 있지도 못하고 그의 가슴은 초조하였다.

두 발이 성큼 방 안으로 들어오는 듯하더니 무쇠 갈고리 같은 손이 자기 저고리 동정을 꿰들어 번쩍 쳐들었다. 그는 쇠관에 매달린 쇠고기 모양으로 반짝 들리었다.

"울기는 왜 우니?"

하는 그의 아버지도 자식 우는 것을 볼 때, 어떻든 그 눈물을 동정하는 자정慈情이 일어나는지 목소리가 조금 낮아지며 또는 웃음이 섞이었으니, 그것은 그 눈물 나는 마음을 위로하려는 본능이다.

"왜 울어?"

대답이 없다.

"글쎄, 왜 우니?"

가슴은 타나 대답할 수는 없었다.

"엄마가 때려 주든?"

진태는 고개를 내흔들며 느껴 울었다.

"그러면 왜 우니? 꾸지람을 들었니?"

"아……뇨."

진태는 다시 고개도 흔들지 않았다.

"그럼 왜 울어. 말을 해!"

아버지는 화가 나는 것을 참았다. 그리고는,

"이 자식아! 말을 해라. 왜 벙어리가 되었니? 말이 없게!"

하고서는 무슨 생각을 하였는지 여러 번 타일러 보다가,

"웬일야!"

하고 혼잣말을 하더니 바깥으로 나아간다. 그것은 근자에 볼 수 없는 늘어진 성미였다. 아마 어멈에게 물어 볼 작정이었던 것이다.

아범은 문 밖으로 나갔다. 그러더니 다시 들어오며,

"삼태기 어쨌니? 응, 삼태기?"

하며 안팎으로 들락날락하는 서슬에 안부엌에서 어멈이 설거지를 하면서,

"왜 아까 진태가 마당을 쓴다고 가지고 나갔는데……."

하고,

"걔더러 물어보구려."

한다. 아범은 화가 나는 듯이,

"그런데 쭉쭉 울고 있으니 무엇이라고 그랬나?"

하며 어멈을 본다.

그러자 안마루에서 마님이 무엇을 보다가 운다는 소리를 듣더니 미안한 생각이 났던지,

"아까 눈인가 무엇인가 친다고 나리마님 발등에다가 눈을 쏟아뜨렸다네. 그래서 어멈이 말마디나 한 게지."

아범의 눈은 실룩해졌다. 그리고는 잡아먹을 짐승에게 덤비려는 호랑이 모양으로 고개가 쑥 내밀리더니 어깨가 으쓱 올라간다. 그리고는 아무 말 없이 바깥 행랑으로 나간다.

아버지는 주인이 원망스럽지만 아들 진태를 때린다

바깥으로 나온 아범은 다짜고짜로 방문을 열어젖뜨렸다. 그의 생각에는 주인 나리의 발등에 눈 엎은 것은 외려 둘째이다. 삼태기 하나 잃어버린 것이 자기 자식을 쳐죽이고 싶도록 아깝고 분하고 망할 자식이다.

"이 녀석!"

자기 아들을 움켜잡았다.

"이리 나오너라."

진태는 두 손 두 다리를 가슴에다 모으고서 발발 떨면서 자기 아버지만 쳐다본다.

"이 망할 자식, 울기는 애비가 잡아먹었니, 에미가 잡아먹었니? 식전 아침부터 훌짝훌짝 울게."

하더니 돌덩이 같은 주먹이 그의 등줄기를 보기 좋게 올리었다.

"에그 아버지, 에그 아버지!"

하며 볶아치는 소리가 줄을 대어 나왔으나 그 뒷말은 없었다. 매를 맞는 진태도 잘못했습니다를 조건 없이 할 수는 없었다.

"무어야 아버지? 이 녀석, 이 망할 자식."

하고서는 사정없이 들이팬다.

울고, 호령하는 소리가 야단스럽게 나니까 어멈이 안에서 뛰어나오며,

"인제 고만두, 고만둬요. 요란스럽소."

하고 만류를 하나,

"이게 왜 이래. 가만있어. 저리 가요."

하고 팔꿈치로 뿌리치고는,

"이놈아, 그래 눈깔이 없어서 나리마님 버선에다가 눈을 들이 부어놓고, 또 무엇에 마음이 팔려서 삼태기를 밖에다가 놓아두어 잃어버리게 했니? 응? 이 집안 망할 자식!"

아범의 손이 자기 아들의 볼기짝, 등어리, 넓적다리 할 것 없이 사정없이 때릴 때마다 어린 살에는 푸르게 멍이 들고 피가 맺힌다.

그러할 때마다 아범의 목소리는 더 한층 높아지고 떨리고 슬픔과 호소가 엉키었다. 그는 자기 아들을 때릴 때마다 눈앞에서 자기 손에 매달려 애걸하는 자기 아들이 보이지 않고 안방 아랫목에 앉아 있는

주인 나리가 보인다. 그리고는 자기 아들을 때리는 것 같지 않고 자기 주인 나리를 욕하고, 원망하고, 주먹질하고 싶었다.

"인제 고만 좀 두."

하는 어멈은 자식을 가로챘다. 그래 가지고는 다시 자기 아들을 껴안았다.

3
행랑살이는 넉넉하지 않다

그날 해가 세 시나 넘어 네 시가 되었다. 진태는 학교에 다녀왔다. 앞대문을 들어오려다가 보니까 새로이 삼태기 하나를 사다놓은 것이 눈에 띄었다. 싸리나무로 얽은 누렇고 붉은 삼태기를 볼 때, 그의 매 맞은 자리가 다시 아프고 얼얼하다.

툇마루에 걸터앉으니까 어머니는 상에다 밥을 차려 가지고 방으로 들어오라고 부른다. 방 안에는 모닥불이 재만 남았는데, 인두 하나가 꽂히어 있고, 또 다 삭은 화젓가락과 부삽 하나가 꽂혀 있다.

어머니는 누더기 천에다가 작년에 낳은 어린애를 안고서 젖을 먹인다. 어린애는 젖꼭지를 물고서 입을 오물오물하면서 한 손으로 다른 쪽 젖꼭지를 만진다.

진태는 그 동생을 볼 때 말없이 귀여웠다. 그래서 손가락으로 볼따구니도 건드려 보고, 엇구 엇구 혓바닥소리를 내어서 얼러 보기도 하였다.

어린애는 벙싯 웃었다. 그리고는 젖꼭지를 쑥 빼고서 진태를 돌아다보았다.

　어머니는 침착한 얼굴로 어린애의 손가락만 만지고 있더니,

　"옜다."

하고 어린애를 내밀면서,

　"좀 업어 주어라."

하고서 어린애를 곤두세운다. 그러자 진태는,

　"밥도 안 먹고?"

하고 밥을 얼른 먹고서 어린애를 업으려 하였다. 그러나 진태의 집에
는 아직 밥을 짓지 않았다. 어머니는 안에 들어가 밥을 지으려 하기는
해도 우리 먹을 밥은 지으려 하지 않는다.

　진태는 어머니가 안으로 들어간 후 어린애를 업고서 방 안으로 왔
다 갔다 하면서 밥을 짓지 않으니 아마 쌀이 없나 보다 하였다. 그리
고는 아버지가 얼른 돌아와야 할 것이라 하였다.

　진태는 뚫어진 창틈으로 바깥을 내다보면서 아버지가 혼자 인력거
를 끌어서 쌀 팔 돈을 가지고 오지나 않나 하고서 고대하였다.

　그래도 미심하여서 그는 쌀 넣어두는 항아리를 들여다보았다. 들여
다보니까 겨 묻은 쌀바가지가 텅 빈 시꺼먼 항아리 속에 들어 있을 뿐
이다. 진태는 힘없이 뚜껑을 덮고서 섭섭한 마음으로 방 안을 왔다 갔
다 하였다. 어린애는 등에서 꼼지락꼼지락하고서 두 발을 비빈다.

　'오늘도 또 밥을 하지 못하는구나.'

하고서 펄럭펄럭하는 문을 열고 쪽마루로 내려왔다. 내려와서는 냄비
가 걸려 있는 아궁이 밑을 보았다. 거기에는 타다 남은 푼거리(땔나무 등
물건을 몇 푼어치씩 팔아 사는 일) 장작이 두어 개 재 속에 남아 있다. 그는

다시 장작 갖다 놓아두는 부엌 구석을 보았다. 부스러기 나무도 없다.

바람이 불어서 쓸쓸스러운 행랑의 씻은 듯한 살림살이를 핥고 지나가고, 으슴츠름하게 어두워가는 저녁날은 저녁 못 지을 것을 생각하고 섭섭한 감정을 머금은 진태의 어린 마음을 눈물 나게 한다.

조금 있다가 어머니는 허둥지둥 나왔다. 아마 부엌에 불을 지피고 나온 모양이다. 진태의 눈에는 아궁이에서 타 나오는 장작불을 한 발로 툭툭 차넣던 어머니의 짚세기 발이 보인다.

어머니는 나오면서 등에 업힌 어린애를 보더니,

"에그 추워! 저런, 무엇을 좀 씌워 주려무나!"

하고서,

"남바위(추울 때 머리에 쓴 방한구) 어쨌니? 손이 다 나왔구나."

하더니 방으로 들어가 진태가 돌에 쓰던 것이니까 10년이나 되는 남바위를 들고 나온다. 털은 다 떨어지고, 비단은 다 삭았다. 그것을 어린애를 씌워 주고 어머니는 다시 문 밖을 내다보고 5분이나 서있었다. 진태는 그 서 있는 의미를 짐작하였다. 아버지 돌아오시기를 기다리는 것이다. 그러다가 어머니는 갑자기 덜미에서 누가 딱 하고 놀래는 것처럼 깜짝 놀라며 다시 안으로 들어가려고 돌아섰다. 그때 진태는,

"저녁 하지 않우?"

하고서 어머니 뒤를 따라 들어갔다. 어머니는 화가 나고 초조하던 판에,

"밥도 쌀이 있고 나무가 있어야지."

하고 소리를 꽥 지른다. 진태 잔등에 업혀 있던 어린애가 깜짝 놀라며 와아 운다.

진태는 어린애를 주춤주춤 추슬러 달래면서 아무 말 못하고 섰다.

어머니는 다시 안으로 들어갔다. 진태도 따라 들어갔다. 그리고는 부엌 앞에 앉아서 불을 넣고 앉았었다.

4
마님이 밥을 주지만 진태는 부끄러워 먹기가 싫다

날이 어두웁고 전깃불이 켜지었으나 밥을 하지 못하였다.

그리고 아버지도 아직 돌아오지를 않는다. 진태 어머니가 상을 차려 드리고 바깥으로 나오려고 하니까 마님이,

"어멈."

하고 부르신다.

"네."

하고서 어멈은 문을 열려다가 다시 돌아다보았다.

"오늘 저녁은 하였나?"

어멈은 조금 주저주저하다가,

"먹을 것 있어요."

하고서 부끄러운 웃음을 웃었다.

"아범 들어왔나?"

"아즉 안 들어왔에요."

"그럼 저녁도 짓지 못하였겠네그려."

어멈은 아무 말도 없었다. 마님은 벌써 알아채고서,

"그래서 되겠나? 어린것들이 치워서 견디겠나."

하고서,

"자, 이것이나……."

하고서 상 끝에 먹다 남은 밥을 이 그릇에서 저 그릇으로 모아놓으면서,

"그놈도 들어오라구 그래. 불도 안 땐 모양이지? 추워서들 견디겠나. 어른은 괜찮겠지마는 어린애들이……."

하고서,

"어서 그놈도 들어오라고 해!"

하며 어멈을 쳐다본다. 어멈은 다행히 여겨 바깥으로 나오며,

"얘, 진태야!"

하며 진태를 부른다.

"왜 그러세요?"

진태는 문 밖에 섰다가 문 안으로 들어오며 묻는다.

"들어가자!"

"어디로?"

"안으로 말야. 마님이 밥 먹으러 들어오라신다."

진태의 얼굴은 당장에 새빨개지더니,

"왜 아버지 들어오시거든 밥을 지어 먹지."

"어디 들어오시니."

"언제든지 들어오시겠지."

"들어가. 부르시니."

진태는,

"싫어요."

하고서 돌아섰다. 진태의 마음에는 아까 아침에 나리의 버선등을 더럽힌 것을 생각하매 다시 마님의 낮을 뵈옵기도 부끄러웁거니와 아무

것도 잘못한 것이 없는데 아버지에게 매를 맞게 한 것이 분하기도 하였다. 그런데다가 안방에는 자기와 동갑 되는 교장의 딸이 자기와 같은 학교 여자부에 다니는데, 그 계집애 보기에 매 맞은 것이 부끄럽다.

"애, 나중에는 별소리를 다 듣겠네. 어서 들어가자."

어머니는 재촉을 한다.

"어서 들어가."

진태는 심술궂게,

"싫어요. 나는 밥 얻어먹으러 들어가기는 싫어요."

하고 소리를 질렀다.

"빌어먹을 녀석, 기다리셔, 안에서……."

"기다리시거나 말거나 나는 안 들어가요."

어멈 마음에도 자기 아들의 말하는 것이 잘못은 아니었다. 그리고 꾸짖기는 고사하고 동정할 만한 일이었으나, 그래도 당장에 배고파할 것과 또 자기도 밥을 먹어야지만 어린애 젖을 먹일 것이다. 그래서 자기 아들의 굳은 의지를 어머니 된 위력으로 꺾지 않을 수 없었다.

"안 들어갈 터이냐?"

그 말을 하고 부지깽이를 찾는 척할 때, 그는 웬일인지 하지 못할 짓을 하는 비애를 깨달았다.

"싫어요."

진태는 우는 소리로 거절하였다.

"싫으면 밥 굶을 터이냐?"

"굶어도 좋아요."

"어디 보자. 어린애나 이리 내라."

어린애를 안고서 어머니는 안으로 밥을 얻어먹으러 들어갔다. 그러나 진태는 방에 들어가 깜깜한 속에 드러누워 있었다.

그날 어째 그렇게도 섧고 분하고 쓸쓸한지 모르겠다. 어째 이런가 하는 생각이 난다. 그리고 아버지나 얼핏 들어왔으면 좋겠다 하였다.

10분이 못 되어 어머니는 다시 나왔다.

"애."

하고 문을 열고 고개를 들이밀며,

"마님이 들어오라신다. 어서, 어서."

진태는 그대로 누운 채 다시 돌아누우며,

"싫어요, 안 들어가요."

"나리가 걱정하셔."

"싫어요, 글쎄."

어멈은 다시 들어갔다. 그리고 5분이 못 되어 또 나오는 소리가 들렸다. 그러더니 이번에는 문을 열고서,

"그럼, 옜다!"

하고 무엇을 내민다. 진태는 방바닥이 차디차고 찬바람이 문틈으로 스쳐 들어오는 것을 막기 위하여 이불을 내리덮고 새우잠을 자다가 어머니 소리를 듣고서,

"무엇예요?"

하다가 얼른 목소리를 잡아당겼다.

"자, 밥이다. 먹고 드러누워라. 이 추운데 저것이 무슨 청승이냐."

진태는 온 전신을 사를 듯이 부끄러운 감정이 확 흐르며,

"글쎄 싫다니까. 안 먹어요. 먹기 싫어요."

어머니는 들어왔다. 진태를 밀국수 방망이 밀듯이 흔들흔들 흔들면서 타이르고 간청하듯이,

"일어나거라, 응! 일어나."

진태는 더욱 담벼락으로 가까이 가며,

"싫어요. 나는 배고프지 않아요."

하고서 고개를 이불로 뒤어쓰고 아무 말이 없다.

"고만두어라. 너 배고프지 나 배고프겠니?"

하고서 그대로 안으로 들어가려 할 때,

"에 추워."

하고서 들어오는 사람은 자기 아버지다. 어멈과 아범은 맞닥뜨렸다.

아버지가 돌아왔지만 빈손이다

"이건 눈깔이 빠졌나. 엑구 시……."

하며 아범이 소리를 질렀다.

"어두워서 보이지를 않는구려."

하고서 여성답게 미안한 어조로 어멈은 말을 한다. 이 한 번 맞닥뜨린 것이 빈손으로 들어오는 자기 남편을 몰아셀 만한 용기를 꺾어버리었고, 주머니 속이 비어 있는 아범은 또한 큰소리를 할 만한 용기를 줄게 하였다.

"어떻게 되었소?"

"무엇이 어떻게 돼? 큰일났어, 큰일! 벌이가 있어야지. 저녁은 어떻게 했나?"

"여보, 그 정신 나간 소리는 좀 두었다 하우. 무엇으로 저녁을 해요?"

아범은 아무 소리 못하고 방 안으로 들어갔다. 진태는 일어나 앉았다. 그리고는 속으로 반갑기는 고사하고 한 가닥의 희망까지 끊어져 버리었다.

"그럼 어떻게 하나?"

아범은 불 켤 것도 생각지 않고서 한탄을 한다.

"그래 한 푼도 없소?"

"아따, 이 사람! 돈 있으면 막걸리 먹었게."

막걸리라는 소리가 어멈의 성미를 거웠다(집적거려 성나게 하다).

"막걸리가 무어요? 어린 자식들은 추운 방에서 배들이 고파서 덜덜 떠는데 그래도 막걸리요? 그렇게 막걸리가 좋거든 막걸리장사 마누라나 하나 데리고 살거나 막걸리 독에 가서 거꾸로 박히구려. 그저 막걸리, 막걸리 하니 언제든지 막걸리 신세를 갚고야 말 터이야. 저러다가는."

"글쎄 그만둬요. 또 여호(여우) 모양으로 톡톡거려. 엥, 집에 들어오면 여편네 꼴 보기 싫어서."

하고 입맛을 쩍쩍 다신다. 진태는 옆에서 그 꼴만 보다가 불을 켜고 있었다.

"그럼 저녁을 먹어야지."

하고서 아범은 꽤 시장한 모양으로 없는 궁리를 하려 하나 아무 궁리도 없다.

"이것이나 먹구려."

하고 어멈은 진태를 주려고 국에다 만 밥을 내놓으니까,

"그게 무어야?"

하고 숟가락으로 두어 번 떠먹어 보더니,

"너 저녁 먹었니?"

하고서 진태를 돌아다본다. 진태는 말을 하려야 할 수도 없거니와 말하기도 전에 어멈이,

"안 먹었다우."

하고 진태를 책망도 하고 원망도 하는 듯이 흘겨보았다.

"왜?"

하고 아범은 숟가락을 든 채로 그대로 있다.

"누가 알우, 먹기 싫다는 것을."

"그럼 배고프겠구나?"

하고서 밥그릇을 내놓으면서,

"좀 먹으련?"

하니까, 진태는,

"싫어요."

하고서 멀리 피해 앉는다.

"왜 그러니?"

"먹을 마음이 없어요."

진태는 어머니의 심부름으로 은비녀를 전당포에 판다

30분쯤 지났다. 문 밖에서 어멈이,

"진태야! 진태야!"

하고 부른다. 진태는 그 부르는 어조가 너무 은밀한 듯하므로,

"네."

대답 한 번에 바깥으로 나갔다. 어머니는 대문간에 손에다가 무엇인지 가느다란 것을 쥐고 서있다.

"저……."

하고 어머니는 헝겊에 싼 그것을 풀더니,

"이것 가지고 전당국에 가서 70전이나 80전만 달래 가지고 싸전(쌀과 그 밖의 곡식을 파는 가게)에 가 쌀 닷곱(5홉=1/2되=400g)만 팔고, 나무 열 냥 어치만 사가지고 오너라."

한다. 진태는 얼른 알아채었다. 옳지, 은비녀로구나. 자기 집안에 값진 것이라고는 어머니 시집올 때 가지고온 그 비녀 하나하고 굵다란 은가락지뿐이다.

진태는 그것을 받아들었다. 그리고는 전당국을 향하여 간다. 전당국이 잡화상 옆에 있는 것이 제일 가까웁고, 조금 내려가면 이발소 윗집이 전당국이다. 그러나 첫째 집은 가지를 못한다. 그것은 그 전당국 주인의 아들이 자기하고 같은 학교를 다니니까 만일 들키면 창피할 것이요, 부끄러울 것이다. 그래서 그 집을 남겨 놓고 먼 저 아래 전당국으로 가리라 하였다. 그는 팔짱을 끼고 웅숭그리고서(춥거나 두려워 웅크리고서) 전당국으로 들어가려 하니까, 어째 누가 손가락질을 하는 것 같고 구차함을 비웃는 듯하다. 그리고 그 전당국 주인까지도 자기의 구차한 것을 호령이나 할 듯이 싫을 것 같다. 그러나 눈 딱 감고 들어가려 하니까 문간에다가 기중忌中(상중)이라 써 붙이고 문을 닫아버

렸다.

'기중'

사람이 죽었구나 하고서 생각하니, 그 몇 분 동안에 자기 마음이 긴장되었던 것은 풀려진다.

그러면 이번에는 하는 수 없이 그 동무 아버지의 전당국으로 가야 하겠다.

한 발자국이라도 더디게 떼어놓아 그 전당국으로 들어설 때, 가슴은 거북하고 머리에는 열이 올라와서 흐리멍덩하다.

기웃이 들여다보니까 아무도 없다. 혹시 동무 학동이나 만나지 않을까 하였더니 사무 보는 어른이 한 분 앉아 있고 아무도 없어 아주 다행이다.

그는 정거장 표 파는 데처럼 철망으로 얽고 또 비둘기 창구멍처럼 뚫어놓은 곳으로 은비녀를 디밀었다. 신문을 보던 사무 보는 어른이 한 번 흘겨보더니,

"무엇이냐?"

하고서 소리를 꽥 지른다.

"이것 잡으세요?"

하는 소리는 떨리고 가늘었다. 사무 보는 이는 아무 말 없이 그것을 받아들더니 저울에다가 달아본다. 진태는 속마음으로, 만일 저것을 잡지 않으면 어떻게 하나? 나쁜 것이라고 퇴짜를 하면은 어떻게 하나 하고 있을 때,

"얼마나 쓰련?"

하고 돈을 묻는다. 그는 겨우 안심을 하고서 돈을 말하려다가 자기가

부르는 돈보다 적게 주면 어떻게 하나 하고서 도리어 그이더러,

"얼마나 나가요?"

하고 물었다. 그는 한참 있더니,

"일 원이다."

한다. 그러면 자기 어머니가 얻어 오라는 것보다 3, 40전이 더하다. 그는 겨우 안심을 하고서,

"70전 주세요."

하였다.

"네 이름이 무엇이냐?"

전당표에 이름이 쓰이는 것은 좋지 못하나 하는 수 없이 이름을 대었다.

사무 보는 이가 전당표를 쓰는 동안에 진태는 왔다 갔다 하였다. 그리고서 남에게는 전당 잡으러 온 체하지 않으려고 사면을 둘러보며 군소리를 하였다.

진태는 전당포 주인 아들을 만나지만 반갑지 않다

진태가 바깥을 내다볼 때, 누구인지 덜미(목덜미)에서,

"진태냐?"

하는 어린애 소리가 들렸다. 그는 얼른 돌아다보니까 거기에는 그 집 주인의 아들이 반가이 맞으며,

"어째 왔니?"

하며 나온다. 진태는 달아나고 싶었다. 그리고는 될 수만 있으면 돈도

그만두고 피해 가고 싶었다.

"내일 산술 숙제 했니?"

어쩌면 그렇게 다정하게 물으랴? 그러나 진태는,

"아니."

하고서 고개를 내저었다. 그의 얼굴은 진홍빛같이 붉어졌다.

"얘, 큰일났다. 나는 조금두 할 수가 없어!"

그의 말소리는 진태의 귀에 조금도 안 들린다. 내일 숙제는 고만두고 내일 학교에 가면 반드시 여러 동무들이 흉들을 볼 터이요, 또는 놀려댐을 당할 것이다. 그리고 그의 앞에는 커다란 수남이가 보이며 장난에 괴수요, 핀잔 잘 주고 못살게 굴기 잘하는 그 불량한 학생이 보인다.

전당표와 돈을 받아들었다. 이제는 싸전으로 갈 차례다. 석 되나 닷 되나 한 말 쌀을 파는 것은 오히려 자랑거리지마는 닷곱은 팔기가 참으로 부끄럽다. 구차한 것이 죄악은 아니지마는 진태에게는 죄지은 것처럼 부끄럽다. 그는 싸전에 가서 종이봉지에 쌀 닷곱을 싸들었다. 첫째 싸전쟁이가,

"왜 전대纏帶(허리에 매거나 어깨에 두르는 자루)를 가지고 오지 않았어?"

꽥, 소리를 한 번 지르더니 딴사람의 쌀을 다 퍼주고야 종이봉지 하나가 아까운 듯이 가까스로 닷곱 한 되를 퍼주었다.

돈을 주고 나왔다. 쌀 든 손은 얼어서 떨어지는 듯하다. 한 손으로 귀를 녹이고 또 한 손으로는 번갈아가며 쌀봉지를 들었다.

진태는 아버지와 부딪쳐 쌀을 다 쏟는다

이번에는 나무가게로 갈 차례다. 나무가게로 갔다. 20전 어치를 묶었다. 그것을 새끼에다 질빵을 지어서 둘러메고 쌀은 여전히 옆에다 끼었다. 한길로 고개를 숙이고 가다가는 어깨가 아프고 손, 발, 귀가 시려서 잠깐 쉬다가 저쪽을 보니까 자기 집 들어가는 골목을 조금 못 미쳐서 학교 선생님 한 분이 오신다.

진태는 얼핏 일어났다. 그리고 선생님이 골목까지 오시기 전에 먼저 그 골목으로 들어가야 하겠다 하였다. 그리고는 줄달음질하였다. 선생님은 아무것도 둘러메시었을 리가 없으므로 걸음이 속하시다(빠르다). 자기는 힘에 닿지 않는 것을 둘러메었고 또 걸음이 더디다. 거진 선생님과 맞닥뜨리게 되었다. 그래서 앞도 보지 않고 골목으로 뛰어 들어가다가 거기서 나오는 사람과 마주쳤다.

"에쿠!"

하면서 손에 들었던 쌀이 모두 흩어지고 나무는 어깨에 멘 채 나가자 빠졌다.

"이 망할 집 자식! 눈깔이 없니?"

하고 들여다보는 그이는 자기 아버지다. 진태는 그래도 뒤를 돌아다 보았다. 벌써 선생님은 본체만체 지나가 버리시었다.

"이 망할 자식아! 쌀을 이렇게 흩트려서 어떻게 해?"

하며 아버지는 두 손으로 껌껌한 데서 그것을 쓸어서 바지 앞에다 담는다.

진태는 멍멍히(정신이 빠진 것같이) 서있다가 아버지에게 끌려서 집으로 들어갔다.

어머니는 유일한 보물을 팔아 산 쌀을 엎지른 것이 분하다

집에 들어가니까 어머니가 얼마나 받았으며, 얼마나 썼으며, 얼마나 남았느냐고 묻는다. 진태는 그 소리를 듣고서 전당표를 주었다. 그리고는 자세한 이야기를 하였다.

그러나 어머니는 진태의 잘잘못을 따지지 않았다. 유일한 보물을 전당을 잡혀서 팔아온 쌀까지 땅에다 모두 엎질러버린 것을 생각하매 그대로 있을 수 없을 만치 아깝고 분하다. 그래서,

"이 망할 녀석, 먹으라는 밥을 먹지 않아서 밥이나 먹고 자라고 하쟀더니……."

하고서 주먹을 들고 덤벼들며,

"어디 좀 맞아보아라!"

하고서 또다시 덤벼든다. 진태는 아무것도 변명하지 않았다. 그러나 하루에 두 번씩 매를 맞게 되니까, 무엇이 원망스럽고 또 무엇을 저주하고 싶었으나 그것이 무엇인지 알지 못하였다. 그래서 그는 한참 얻어맞고 혼자 울었다. 그는 위로해 주는 사람 하나 없고 쓰다듬어주는 사람 하나 없었다.

그는 방구석에 틀어박혀서 한참 울다가 그대로 잠이 들었다. 억울한 꿈을 꾸면서…….

이야기 따라잡기

춥고 바람 많이 불던 겨울밤 박교장의 집에서 행랑살이를 하는 열두 살 진태는 마당에 쌓인 눈을 쓸다가 교장의 하얀 새 버선을 더럽힌다. 교장이 역정을 내며 방 안으로 들어가고나서 주인마님이며 어머니의 꾸중을 듣게 된 진태는 서러워 방바닥에 엎드려 운다.

진태가 우는 것을 본 아버지는 진태에게 이유를 물어보며 위로하려고 하지만 마음이 상한 진태는 아무말도 하지 않는다. 결국 어머니에게 물어보고 교장의 버선을 더럽혔다는 사실을 알게 된 아버지는 잃어버린 삼태기를 탓하며 진태를 사정없이 때린다.

학교에서 돌아온 진태는 어머니가 작년에 태어난 동생을 안고서 젖을 먹이는 것을 본다. 진태가 귀여운 동생을 쳐다보고 있으려니까 어머니가 동생을 업어주라고 한다. 어머니는 교장네 밥을 짓기는 해도 쌀과 나무가 없어 자신의 집 밥은 짓지 못한다. 진태는 인력거꾼인 아버지가 빨리 돌아와 밥을 먹을 수 있길 바란다.

날이 어두워지고 어머니가 안집의 상을 차려 드리고 바깥으로 나오려는 데 마님이 불러 먹다 남은 밥을 모아 아이들을 주라고 한다. 진태는 낮에 나리의 버선등을 더럽힌 것을 생각하며 부끄럽기도 하고 아버지에게 맞은 것이 분하기도 해 먹기를 거부한다. 아버지가 돌아오지만 빈손이다. 진태는 한가닥 희망이 사라져 버렸지만 그래도 밥 먹기를 거부한다.

30분 후 어머니는 유일한 보물인 은비녀를 주며 진태에게 전당포에 맡기고 쌀과 나무를 사오라고 한다. 진태는 전당포에 가 은비녀를 맡기고 돈을 받는 중에 전당포 주인의 아들을 만난다. 진태를 반가이 맞이하는 전당포 주인의 아들과 달리 놀림거리가 될까봐 진태는 달아나고 싶다. 쌀을 사고 나무를 사서 오는 길에 선생님을 보고 피해 가려고 달려가다 아버지와 부딪쳐 쌀을 쏟는다.

집으로 돌아와 쌀을 쏟았다고 어머니에게 매를 맞는다. 하루에 두 번씩 매를 맞으니 무엇인가 원망스럽고 저주하고 싶었으나 그것이 무엇인지 알지 못한다. 한참 울다가 그대로 잠이 들고 억울한 꿈을 꾼다.

쉽게 읽고 이해하기

가난에 대한 막연한 반항의식　이 소설은 제목을 통해서도 알 수 있듯이 행랑채를 얻어 살아가는 날품팔이 인력거꾼 아들의 이야기다. 어린 진태의 하루는 마당에 쌓인 눈을 치우는 일로 시작된다. 어리광을 피우거나 다른 친구들과 놀러 나가는 모습은 소설 속에서 나오지 않는다. 마당을 쓸거나 심부름을 하는 모습이 전부이다. 또 말썽을 피웠다거나 떼를 썼다고 혼나는 것이 아니라 교장의 버선등을 더럽혔다거나 삼태기를 잃어버렸다고, 쌀을 쏟았다고 혼이 난다.

이러한 가난한 일상은 진태로 하여금 억울한 감정, 분한 감정을 가지게 한다. 교장의 버선등을 더럽힌 것에 대한 부끄러움도 있지만 동갑인 교장의 딸 앞에서 혼이 났다는 사실이　더 부끄러우며, 또 교장이 부주의해서 그런 것임에도 불구하고 자신이 혼이 나야 한다는 사실에 억울함을 느낀다. 그래서 결국 마님이 주는 밥을 거부한다.

이러한 특징은 아버지에게서도 나타난다. 진태가 주인의 버선등을 더럽힌 것은 둘째 치고 삼태기 하나 잃어버린 것이 아깝고 분하다. 그래서 아들 진태를 때린다. 그러나 사실은 아들을 때리면서도 아들을 때리는 것이 아니라 주인인 교장을 욕하고 원망하고 주먹질하고 싶어 한다. 가난하기 때문에 무조건 자신의 자식을 야단치고 때릴 수밖에 없는 억울한 심정을 드러낸 것이다. 즉 가난에 대한 막연한 반항의식은 구체적으로 드러나지 못하고 그렇게 소극적 태도로 나타난다.

쌀을 쏟고 집에 돌아와 어머니에게 맞으면서 진태는 아무 변명도 하지 않는다. 무엇인가 원망스럽고 저주하고 싶지만 그것이 무엇인지 모른다. 결국 진태는 위로해주는 사람 하나 없이 쓰러져 울다가 지쳐 잠이 든다. 가난이라는 절망 속에서 진태는 억울함을 호소할 대상도, 호소를 들어줄 대상도 없는 삭막한 환경에 놓여 있다.

1920년대 하층민의 어려운 삶 진태네는 저녁이 되어도 밥을 하지 않는다. 역설적이게도 어머니는 주인집 딸과 같은 나이인 진태와 걷지도 못하는 갓난아기가 있지만 이 아이들을 위한 밥은 하지 않고 주인집 밥만 한다. 집에는 밥을 할 쌀뿐만 아니라 불을 뗄 나무도 없기 때문이다. 유일한 희망은 인력거꾼인 아버지가 일당을 벌어서 집으로 돌아오는 것이다. 그러나 아버지는 번 것 없이 빈손으로 돌아온다. 오늘 진태네는 아무것도 먹지 못하고 굶어야 한다.

이런 사정을 아는 주인마님은 먹다 남은 밥을 모아주며 어린 것들을 먹이라고 한다. 밥솥에 있는 밥을 주는 것이 아니라 먹다 남은 밥을 한 그릇에 모아준다. 여기에 두 집안의 대조적인 모습이 담겨 있다. 한 집안은 쌀이 없어 굶고 있고 다른 한 집은 다 먹지 못해 남기고 있다. 진태 어머니는 그것을 먹으라고 진태를 부른다. 그것마저도 먹지 못하면 오늘은 굶어야 하기 때문이다. 그러나 진태는 그것을 거부한다. 남이 먹던 밥이기 때문이 아니라 오전에 있었던 일이 부끄럽기 때문이다.

가난한 삶이 일상화된 진태네 가족들은 남겨진 밥을 먹는 것만으로도 감지덕지다. 하루 벌어 하루 먹기도 힘든 하층민의 고단하고 비참한 삶은 이렇게 처량하고 억울하다.

작가 알아보기

나도향(羅稻香, 1902. 3. 30 ～ 1926. 8. 26) 그는 누구인가?

호는 도향稻香, 본명은 경손慶孫, 필명은 빈彬, 서울에서 출생했다. 경성의전 출신 의사인 아버지 나성연과 어머니 김성녀 사이의 장남으로 태어나 개옥소학교를 거쳐 배재학당에 입학했다.

1919년 배재고보를 졸업하고 경성의학전문학교에 입학했으나 문학에 뜻을 품고 일본에 건너가 와세대 대학 영문과에 입학하려고 하였다. 그러나 본가에서 학비를 보내지 않아 포기하고 귀국한다.

1920년 경북 안동에서 1년 동안 소학교 교사로 근무하며 자신의 체험인 일본인 여교사의 사랑을 소재로 한 중편소설 「청춘」을 쓰게 된다. 이듬해 현진건, 홍사용, 박영희, 이상화 등과 로맨티시즘 운동을 일으킨 문예동인지 《백조》를 창간한다.

이를 계기로 문단에 등단한 나도향은 단편소설 「젊은이의 시절」,

「별을 안거든 우지나 말걸」, 「옛날 꿈은 창백하더이다」를 발표하고, 시 「투르게네프 산문시」, 장편소설 「환희」를 〈동아일보〉에 연재하며 작품활동을 지속한다.

1923년 이후부터는 《백조》파적인 감상을 극복하고 객관적인 사실주의적 경향으로 전환하여 단편집 『진정』을 간행하게 된다. 단편소설 「17원 50전」, 「춘성」, 「행랑 자식」, 「여 이발사」 등을 발표한다.

1925년 2월 수학의 뜻을 이루려고 재차 일본에 건너가지만 이루지 못하고 이듬해 귀국하여 단편소설 「벙어리 삼룡이」, 「뽕」, 「의사의 고백」, 「계집 하인」, 「물레방아」, 「꿈」, 「한강변의 일엽편주」, 「피문은 몇 장의 편지」 등과 계급문학시비론인 「뿌르니 뿌로니 할 수는 없지만」 등을 발표한다.

1926년 그가 24세 되던 해 폐환으로 인해 일기를 마감한다. 최서해를 비롯한 문우들이 모금하여 이태원 공동묘지에 비를 세워주었다. 염상섭은 그를 회고하며 "그의 작품이 로맨틱하고 센티멘탈한 데에 비하면 퍽 쌀쌀하고 맑은 사람이었고 고독한 사람"이라고 하면서 그가 가정적, 사회적으로 좀 행운을 타고났더라면 그의 작품에서와 같이 따뜻한 정미를 다북히 가진 재사才士였을 것이라고 안타까워했다.

나도향의 문학은 두 시기로 나누어 이야기할 수 있다. 그의 초기 작품들은 낭만주의적 특징을 지니고 있다. 자전적 소설이라고 할 수 있는 「옛날 꿈은 창백하더이다」처럼 로맨틱하면서도 센티멘탈한 분위기를 연출하고 있다. 이러한 특성은 그의 《백조》 동인 활동과도 그 뜻을 같이한다고 볼 수 있다.

그러나 그의 후기 작품들은 이러한 감상적 낭만주의에서 벗어나 객관적 사실주의로 나아가고 있다. 즉 초기 소설이 내면의 감정을 토로했다면 이후의 작품들은 이러한 태도를 지양하고 외부세계를 관찰하기에 이른다. 「물레방아」, 「벙어리 삼룡이」 등은 아름다운 분위기보다는 그 인물들의 현실 상황에 대한 인식에 초점이 맞추어져 있다.

이러한 특성은 나도향 소설에 등장하는 작중인물들의 태도에서도 드러난다. 소설 속 인물들에게 도덕적 수치심이나 죄책감은 거의 드러나지 않는다. 성적으로 타락할 수밖에 없었던 당시의 현실에 대한 부정적 인식을 감정에 호소하는 것이 아니라 객관적 사실로 그리고 있는 것이다. 낭만적인 사랑에 대한 기대(「물레방아」) 등이 전혀 보이지 않는 것은 아니나 이러한 사랑에 대한 믿음은 결국 현실의 문제(돈)에 의해 무너지고 만다.